詩集

# 虫のいる散歩道

斎藤慎一郎

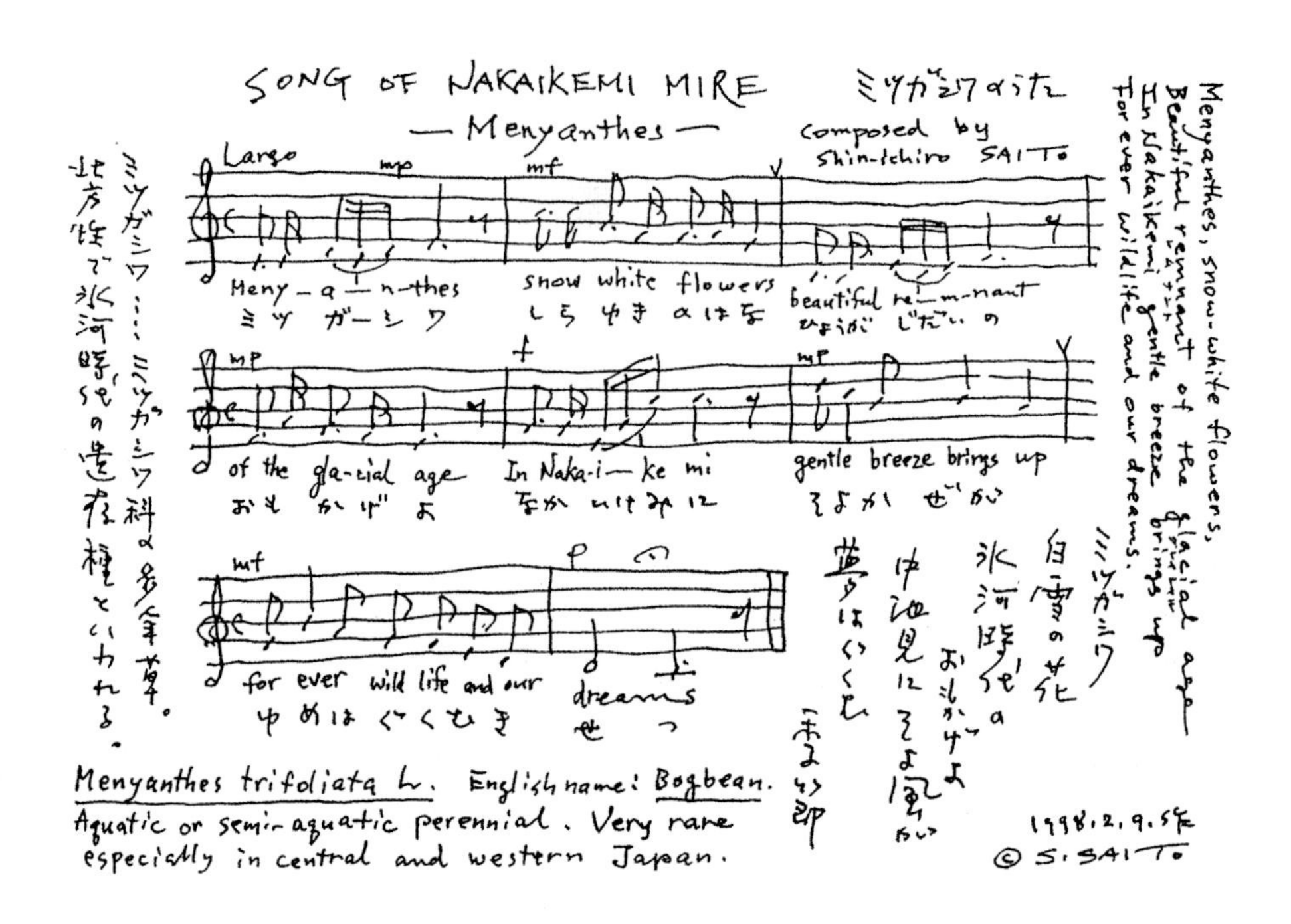


イラスト・写真：吉谷　昭憲
斎藤慎一郎

斎藤慎一郎が遊び心で作った切り絵
「ネコハエトリの季節」

# 思い出のアルバム①

父の学校の運動会にて
手前から慎一郎（９才)、弟寛昭（６才)、姉文江（13才）
1949年10月

横浜の友人宅にて　1981年３月

イギリス　イクウェルのモードリンさんの農場で　1994年９月

富山県高岡市瑞龍寺にて　1997年11月

石川県白山国立公園にて　1997年８月

奈良県宇陀市仏隆寺門前にて　2001年５月

# 思い出のアルバム②

ゲーテ植物学会の観察会　1982年４月

ゲーテ植物学会　御嶽神社にて　1986年５月

コスタリカで開かれた第13回地球生物多様性フォーラムの
「泥炭地の賢明な利用と管理分科会」で発表　1999年５月

コスタリカの熱帯雲霧林
（標高2600m）にて
1999年５月

福井県敦賀市
中池見にて　2000年６月

石川県かほく市にて
2002年12月

# 虫たちの世界

キアゲハ

ベニスズメ

ムラサキシジミ

コガネクモ

# はじめに

あなたは虫が好きですか？　虫は人間にはできない色々なすごいことができます。そして、虫にはとても多くの種類がいて、それぞれが個性的な姿で、豊かな生活をしています。

この詩集は虫とチェロが大好きで、六〇歳代になっても虫取り網を手放さないような、いつまでも大人になりきれなかった「元」少年が書いたものです。虫のイラストはすばらしいプロが描いています。あなたが虫好きであろうとなかろうと、この詩集を読んでくださったら、きっと虫と仲良しになれると思います。

また、虫以外にも植物や猫、平和のことなど様々な詩がありますので、最後までお読みいただければ幸いです。

斎藤好子

## 詩集　虫のいる散歩道　目次

## 第三章　〈生きること・考えること〉

# 第一章　〈虫の部〉

## 虫のいる散歩道　（二〇〇三・八・一四）

おうちのそばの　林の縁に
ある日見つけた　虫のいる散歩道

コガネムシさん　キラキラブブブン
シジミチョウさん　ひらひら　フフフッ
ジージー鳴くのは　何の虫でしょ
アオバハゴロモ　わー　つかまらない
ええっ　これって　枯れ枝じゃないのー?
ナナフシさんて　目がすてき
でも　どこ見てるのかな

立ち止まって　ひょいとしゃがんで
ほんの三分　見つめてみようよ
ほんのひととき　聴いてみようよ
どこにでもある　きっとすてきな

# わたしの　ぼくの　虫のいる散歩道

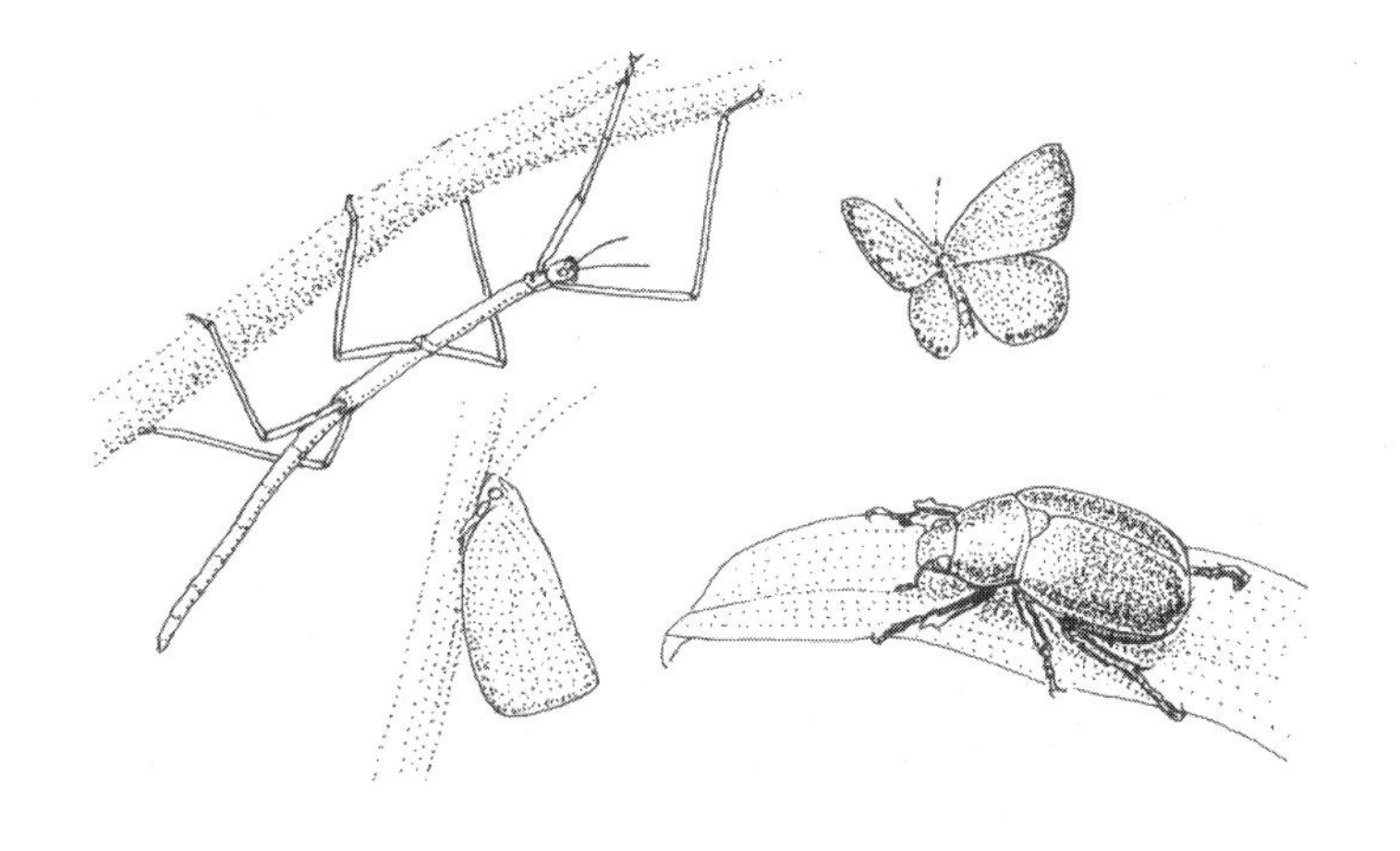

## ネコハエトリ　（二〇〇四・二・二七）

澄んだ目なんてものじゃない　飴色の瞳の愛くるしさで
ネコハエトリと太刀打ちできる　人間界のアイドルがいると思うかい
それだけだって胸ときめくのに　それだけだって心はずむのに

走り高跳び金メダルなんてものじゃない　背丈の二十倍　助走なしで跳んで
フィニッシュの姿勢　ぴたりと決める　そんな選手がいると思うかい
それだけだって痛快なのに　それだけだって傑作なのに
陽がふりそそぐ五月のあした　野バラの繁みへ行ってみようよ
二人の黒い鎧の騎士が　乙女の家でばったり出会う
クモの決闘　さあ始まるぞ　見なけりゃ一生後悔するぞ

やあ　前脚の刀を抜いた　二刀流　真剣勝負　ムサシ対ムサシ
ネコハエトリだ　どちらもオスだ　枝から枝へ　葉から葉へ
にじり寄る　にじり寄る　剣が触れ合う　火花が散る

お相撲顔負け　がっぷり組めば　上手を取られたクモほど焦る
爪でお腹を引っ掻かれると　たまらず逃げ出し　勝負は終わり
葉っぱのすき間の巣の中にいる　乙女は何も知らないかもね

メスはふくふく虎猫に似て　真綿でできたお部屋の中に
クリーム色の卵を産むよ　地球のような一ミリの卵
赤ちゃんグモは子猫のようで　脱皮をすれば毛も生えそろい
瞳ぱっちり　ジャンプもするよ

## アオバハゴロモ　（二〇〇四・二・一九）

お風呂場の窓に飛んできた
かわいい鳩がおりました
テントウムシとせいくらべ
するほど小さな鳩でした

指でつまんでつかまえた…
と思ったら　もういない
忍者のようにどろろんと
たちまち見えなくなりました

庭の小枝の綿くずが
なぜだかとても気にかかり
つついてみたら鳩の子が
あれあれあれれ　あらあらら

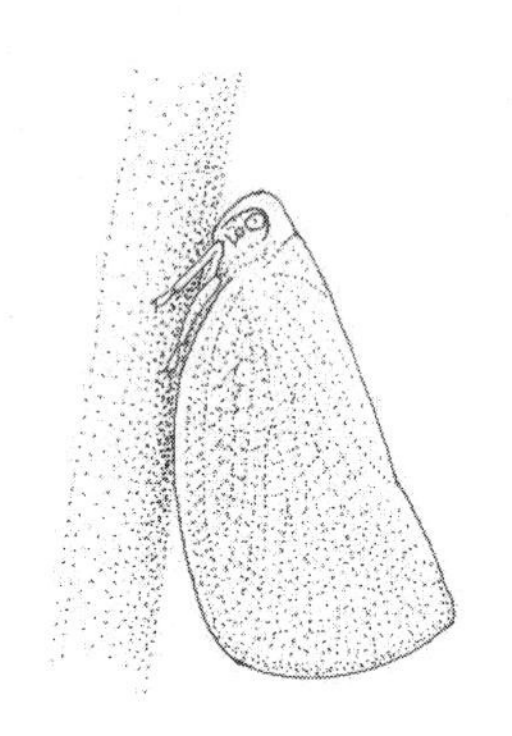

セミの顔した鳩さんは
細いストローで木の汁を
ちゅうちゅう飲んで生きてます
図鑑の名前はアオバハゴロモ

若葉をちぎって白粉（おしろい）を
まぶしたようなおしゃれさん
西洋の学者が Geisya と呼んだ
アオバハゴロモは猿飛佐助

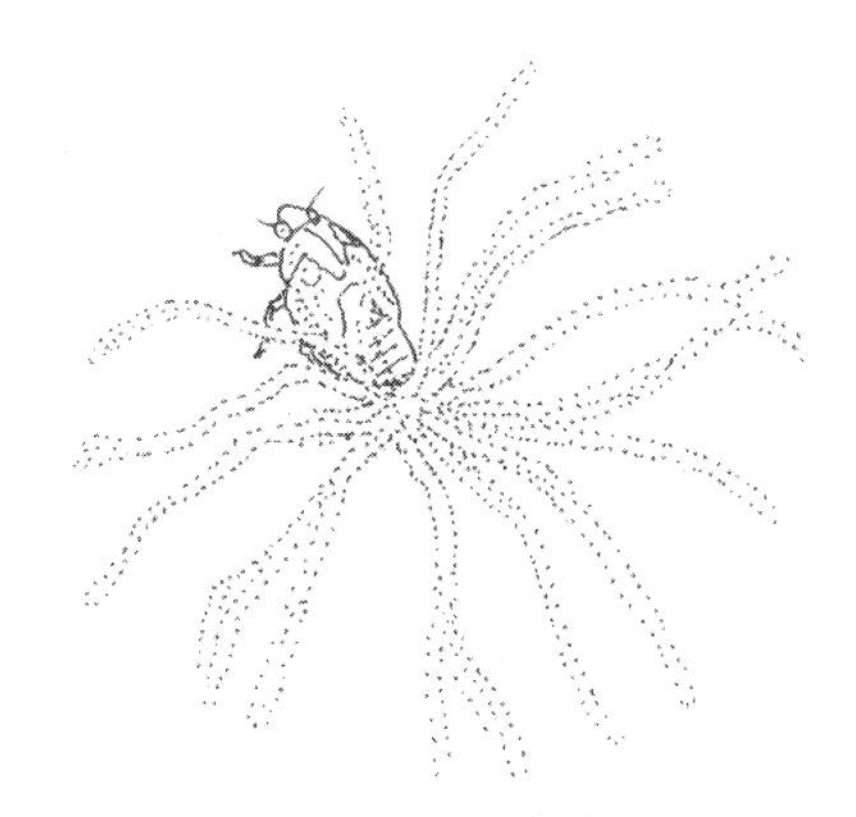

アオバハゴロモの幼虫

尻の先から蝋状の分泌物を枝状に出す。

## アカガネサルハムシ

そこそこに瑞麗なる人界の子羊よ
己れしらねばかくも下品にならずと済みし
とも気づかず媚びを売り　また売られていると
信じて疑うこと絶えてなき者よ
きみの不運は懐に手鏡、野に水鏡
持てることにこそあれ

アカガネサルハムシの幸運は
日がな一日葉っぱを食うて
ときあらばのんびりかたみに尾を交わし
昼はひねもす　夜は夜もすがら
アカガネサルハムシと呼ばれることもわきまえぬ
無我の境にあるなり

めでたからずや

至高のものはただ　意味もなく美しい
美の傲りは実際　醜に他ならぬ

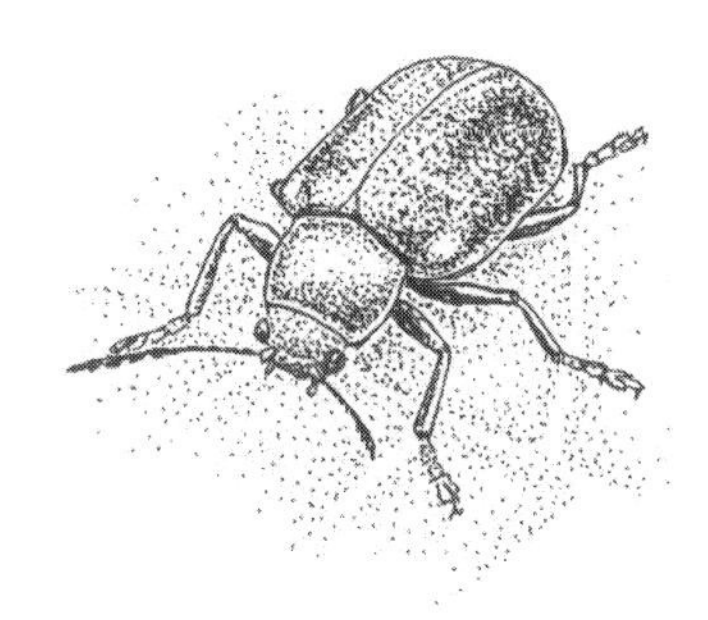

## アジアイトトンボ

いーけないんだ　いけないいんだ
かみなりとんぼ　つかまえると　雨降るぞ

小川の縁を　風の子が
ひゅるひゅる　走っていきました

言ーってやろ　言ってやろ
かみさまとんぼ　はたくと　ばちあたる

ほとけどじょうが　ひげふって
昼寝の時間　と言いました

二匹のとんぼが　輪になって
すきなの…ぼくも…と言い交わす
かあいい　ちいさい　恋だから

いーけないいんだ　いけないいんだ
かみなりとんぼ　つかまえると　雨降るぞ

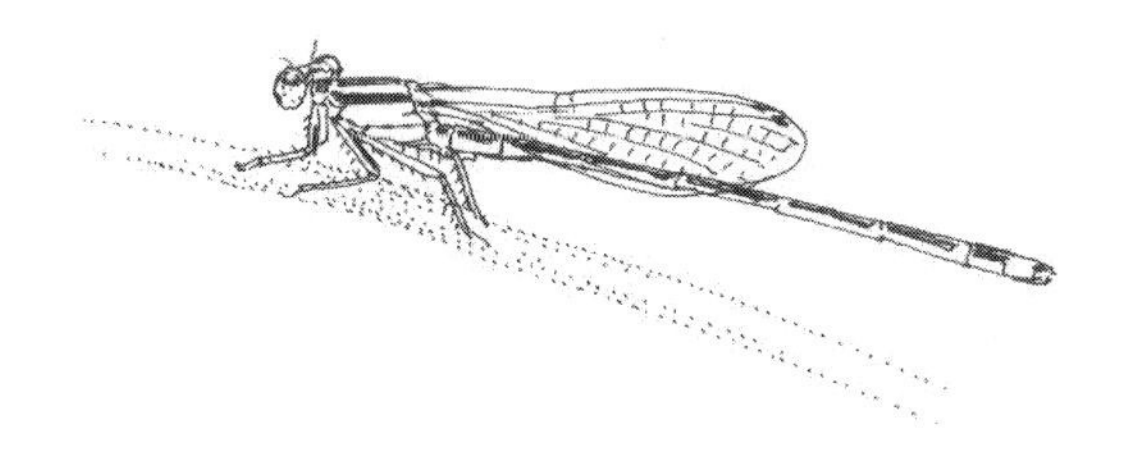

## アダンソンハエトリ

なかなか　やる気に　ならない　お人よ
月謝は　いらない　おらとこへ　来なせえ
金蝿の　捕り方　おせえて　ほしかろ
うんにゃ　そでねぇと　くされる　あんた
すべての　基本は　蝿捕りに　あるだど
我が身の　十倍　距離見定めて
気合いで　跳ぶだよ　おなかを　くくって
あんたが　からだの　きかない　人なら
思いも　万倍　宇宙を　跳べるど
金蝿　必至で　もがくべが　はあ

うんだども　平ッ気　なぜなら　相手は
食われる　美学の　御免許　皆伝
さようさ　蝿ども　プライド　高くて
おらたち　ハエトリ　おかげで　食えてる

みたいな　もんだと　気がする　このごろ
金蝿　銀蝿　縞蝿　肉蝿
だて者　ぞろいの　エピキュリアンらが
生きてる　地球は　素敵じゃ　ないかね

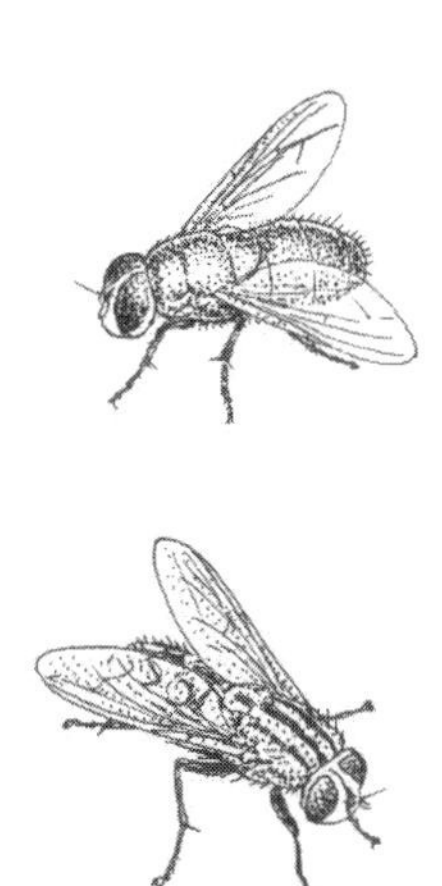

## 訪花虻の賛　（二〇〇一・一・三十）

空中にぴたり静止する至難のわざを
五ミリの虻めがみんごと決める。
どうだ、無辺際の光の海のこの透明感は。
酸素の分子をつぶつぶとしごき歩んで
ぼくはようやくこの浜へ来たのである。
軍配昼顔の花の季節ではなかったのに一輪の開花と遭遇
したつもりがじつは虻めの饗宴で
思わぬ甘露のおしょうばんに
あずかり初めしが運の分かれ目。
八重山西表島古見の晩秋。

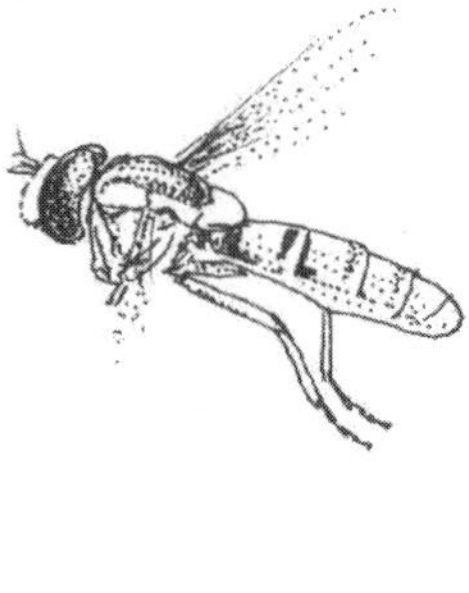

## 蟻　（二〇〇二・五・三一）

王はそれより無い完璧な姿勢で
イネ科の草の穂にこと切れていた
一族民衆に自己を捧げ尽くすのが使命であった
複眼のポーカーフェイスを
人間離れしたと評するはたやすい
虫は虫だ
人は人だ
だが、人の王こそかくあらねばならぬ
その時、なべての者は王者なのだ

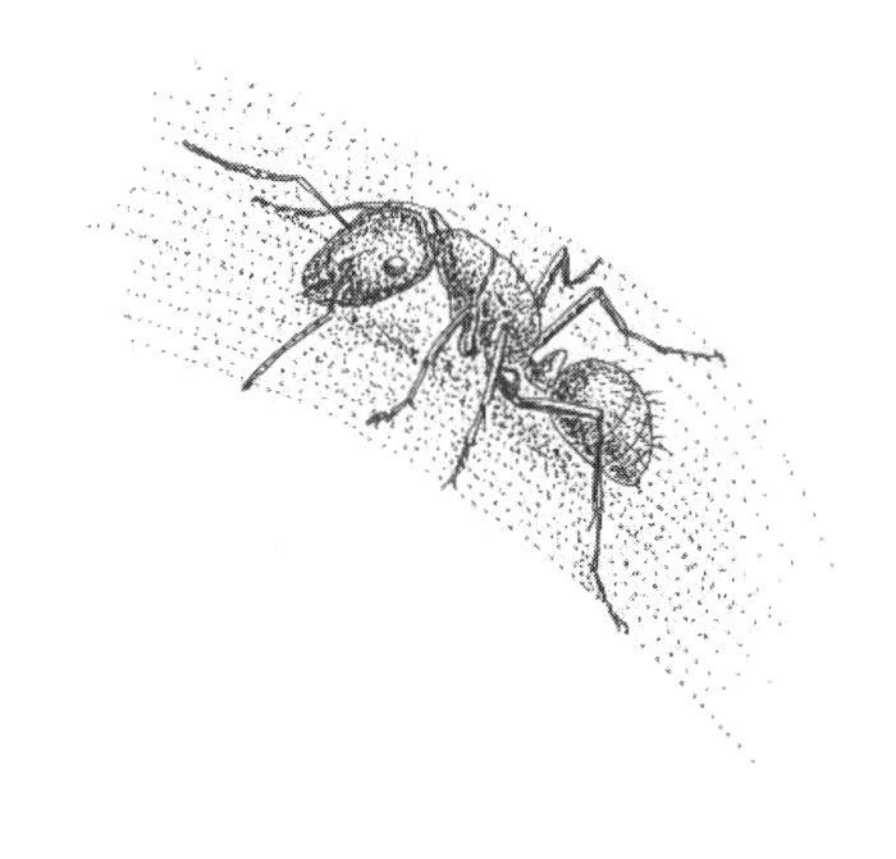

## 蟻地獄　（二〇〇四・二・二七）

お宮さんの　ぬれ縁の　縁の下の　お砂のような泥の
さらさらの　くぼんだ穴の　オチョコの形の　すり鉢の底の
そのまた下の　浅いところの　角のように大きな顎の
ウシコロタンコロ　アトサリベコッコ

のんきなアリンコ　陽気なダンゴムシ
うっかりテントウムシ　脚すべらせて
お宮さんの　ぬれ縁の　縁の下の　お砂のような泥の
さらさらの　くぼんだ穴の　オチョコの形の　すり鉢の底へ
おっこちた　おっこちた

陽気なダンゴムシ　何だか変ね
うっかりテントウムシ　むやみにバタバタ
のんきなアリンコ　登ろうと必死
テッコハッコ　テッコハッコ　砂投げかける

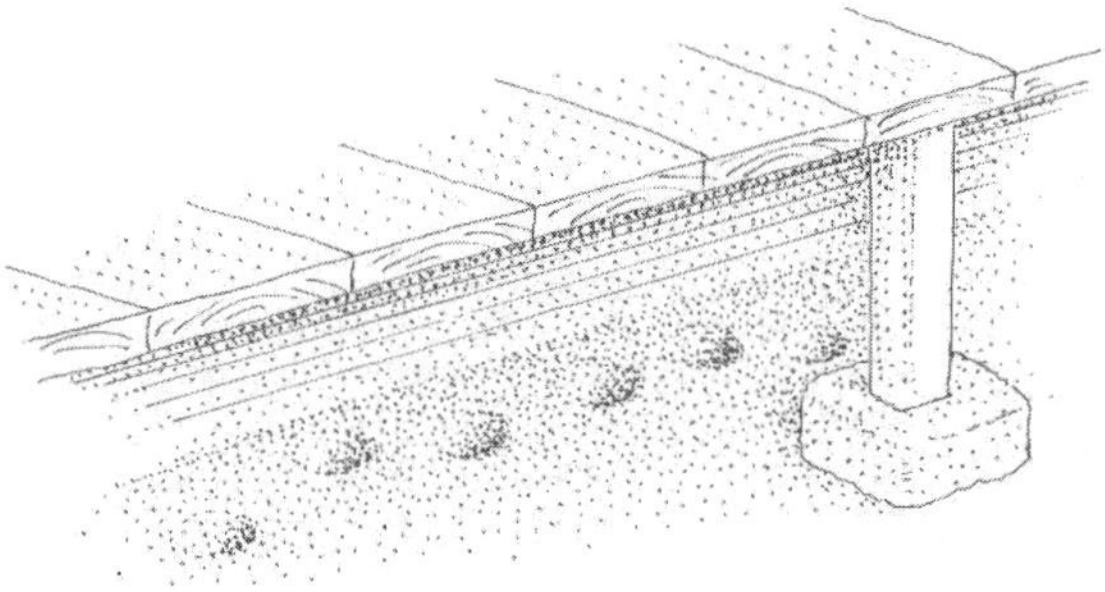

コモコモジイサン　砂投げつける
もう逃げられない　虫たちの地獄
さあつかまえたぞ　ウシコの天国

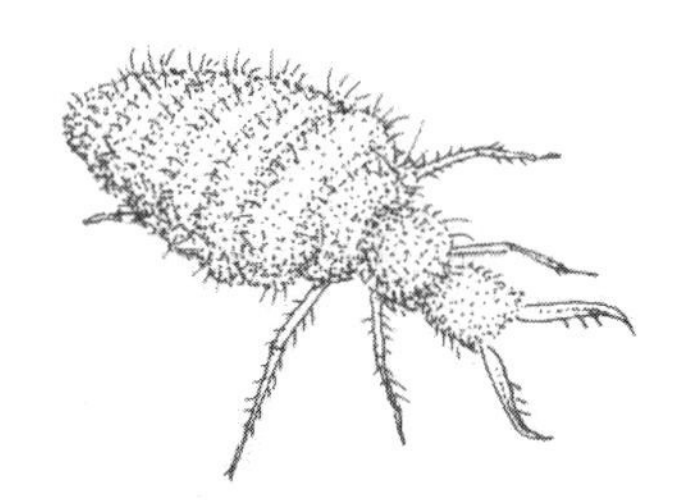

## イカリモンガ（錨紋蛾）　（二〇〇七・九・一五）（作詞・作曲）

羊歯（しだ）のしげみに　木漏れ日が
さんさんさんと　降りそそぐ
ひらりきらり　イカリモンガのお目覚めだ

赤い錨の紋所
昼の光が大好きで
ひらりきらり　花の蜜を吸いに行く

春の林に分け入れば
イカリモンガの舞踏会
ひらりきらり　止まれば消えて　風ばかり

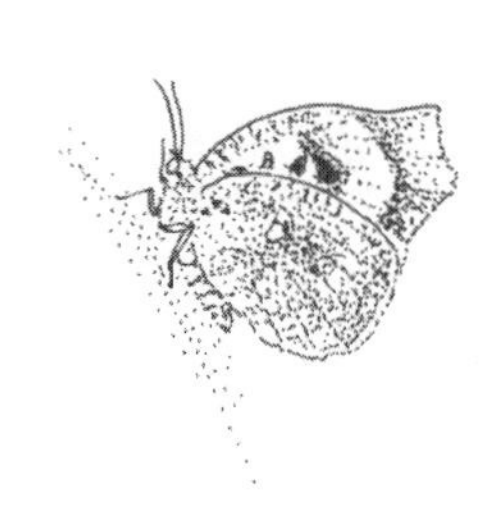

イカリモンガ（錨紋蛾）詞/曲：
さいとうしんいちろう
（2007.9.15.作）
Moderato
しだのしげみに こもれびが さんさんさんと ふりそそぐ
ひらら きらら イカリモンガの おめざめだ
（一）
イカリモンガ（錨紋蛾）
羊歯のしげみに
木漏れ日が
さんさんさんと
降りそそぐ
ひらら きらら
イカリモンガのおめざめだ
（二）
赤い錨の紋所
昼の光がだいすきで
花の蜜を吸いに行く
ひらら きらら
（三）
春の林に分け入れば
イカリモンガの舞踏会
ひらら きらら
止まれば消えて
風ばかり

## イラガの繭

スズメノハンド（山口県）
サナギが出たあと　上にまんまるの口があき
小さなハンド（瓶）に似ています
枝ごととって　くちびるに
当てりゃ　ひゅうひゅう　夢の笛

スズメノナベッコ（岩手県）
中のサナギを　串に刺し
醤油をつけて　囲炉裏火に
いいにおいねぇ　こんがり焼けたわ
油が乗ってて　もうたまらない

アマンジャクノタマゴ（川崎市）
柿の木の毛虫　あのいらいらするやつ　アマンジャク
ひねくれで　嫌われ者で　さみしがりんぼ

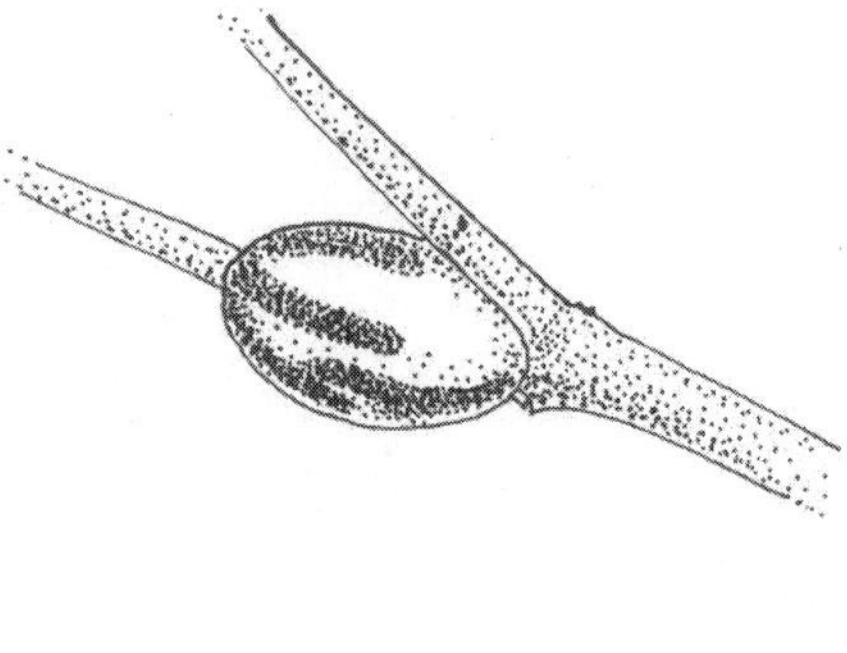

絹を固めた　殻にこもって
遠いこだまが　きこえるかしら
スズメノカロウト　スズメノサカオケ　スズメノツボ
スズメノ…スズメノ…雀がくしゃみする！

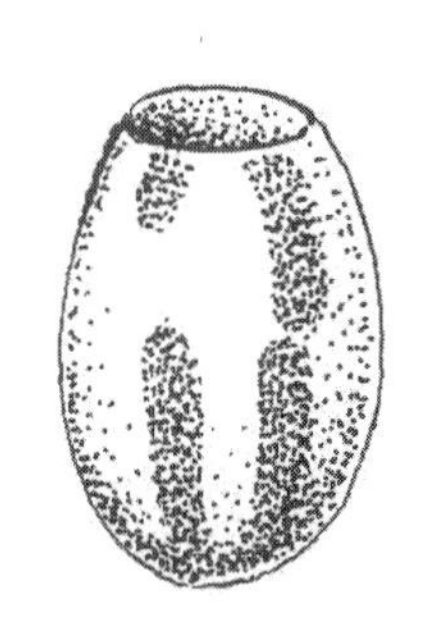

## オオスズメバチ　（二〇〇四・二・二〇）

一寸の虫を野山に探す
オオスズメバチが選ばれてくる
大きいねえ　立派だねえ
きれいだねえ　さすがだねえ
おっとっと　やっとっとっとっと
五分の魂の主ですわよ
しかも大家族を育ててまして
子育てもなかなか楽ではないの
巣に近づくもの　みなお断り
チクリと一刺し　お見舞いするよ
ショックで死んでも　責任持てない
昆虫界の強面（こわもて）　われらがアマゾン
『人間よ　これ以上自然を荒らすな！』

## オオトリノフンダマシ　（二〇〇一・一・二一）

一匹の母蜘蛛が
五つも卵のうを吊り下げて
楢の葉裏に満足げだ。
ぼくは五人きょうだいの二番目だが
蜘蛛の卵のう一つには
いくたりが眠っているのだろう。
それ掛ける五だぞ！　大いなる母よ！！

とある冬の日、とある娘が
オオトリノフンダマシの卵のうを
何とも知らずに裂いてみた。
好奇心の暴いたものは
数多の卵ではなく
数多の子蜘蛛であった。
そよ風に揺れる質量ゼロの紡錘に

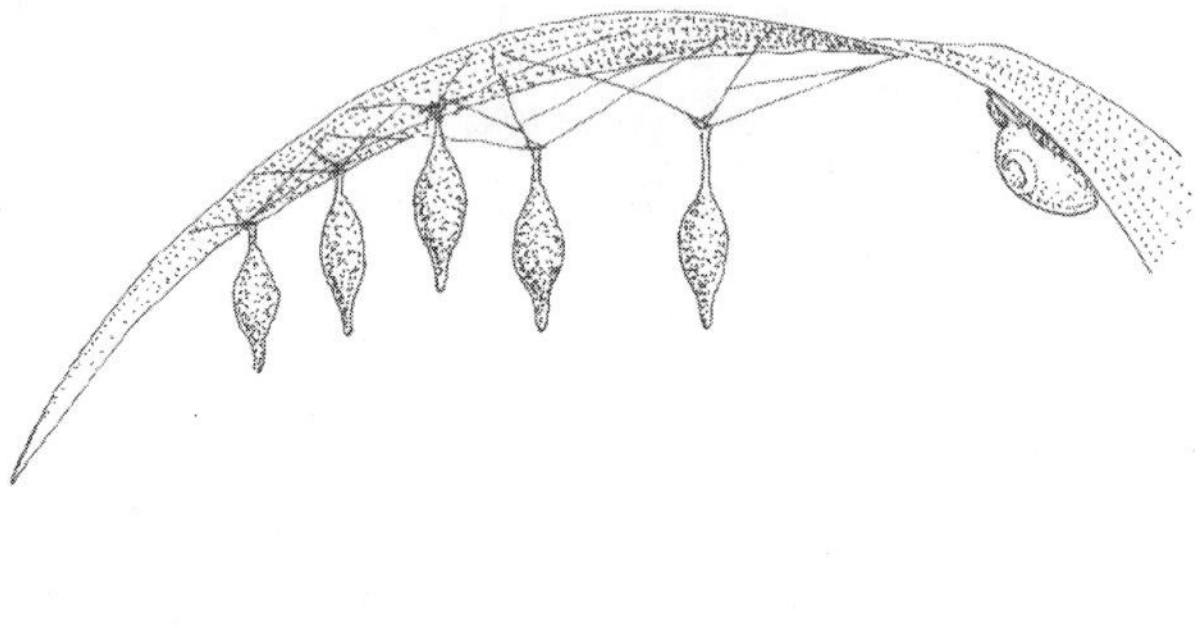

二百児とも、四百児とも、
高知で最大六百児を記録とも。
おお、千余の子らを産みては守る
偉大なる母。野の宝石よ。

## オオミズアオ　（二〇〇四・二・二七）（作詞・作曲）

羽ばたきながら　どこまで昇る
月の光に浮かれ出でしは
るるんる　るんるん　ほほんほ　ほんほん
オオミズアオ　水鏡の
中で踊るよ　いのち讃えて

（注）オオミズアオはヤママユガ科に属する大型の蛾。緑白色の翅に眼状紋をもち、ハッとするほど美しい。この歌は戦争を憎み、蛾を愛した詩人・金子光晴に捧げられたもの。鳥越ゆり子氏の依頼で、「関西金子光晴の会」発足を記念して着想された。

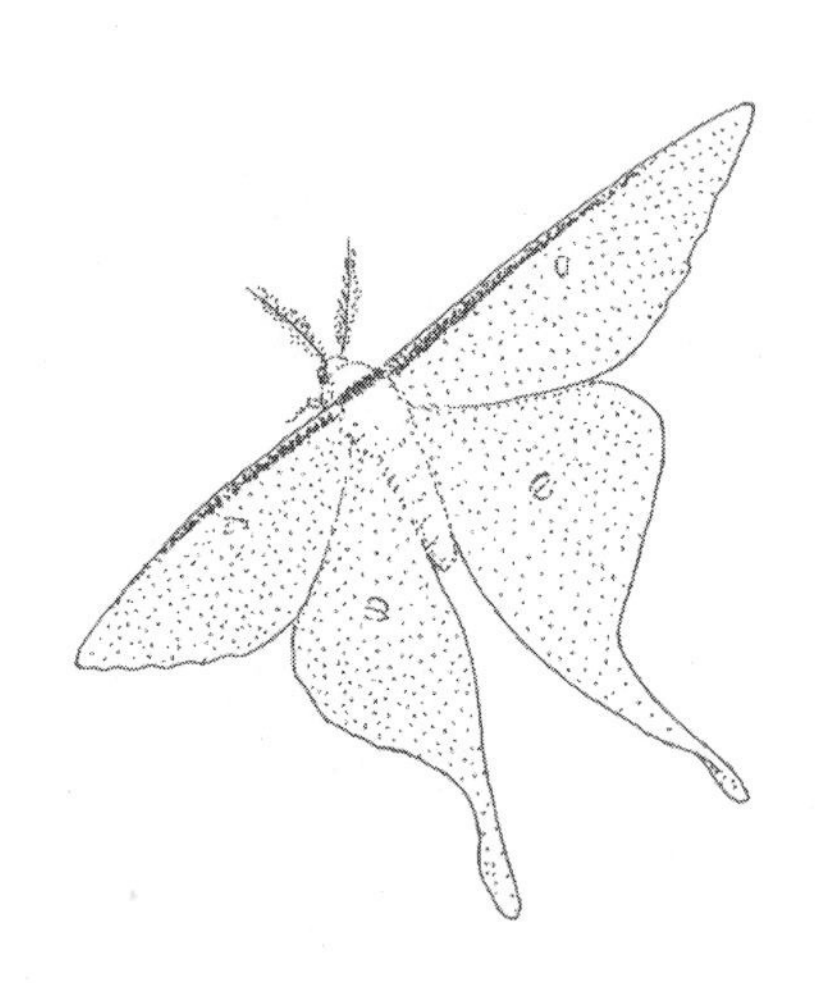

チェロと歌唱で同じ旋律をうたう……
作詞作曲
2004.2.12
オオミズアオ
Largo
mp mf
はばたき ながら どこまで のぼる
mf p
つきの ひかりに うかれて いでしは
mp mf
るるんる るんるん ほほんほ ほんほん
f ff mp
オオミズ アオ みずかがみの
mf mp p
なかで おどるよ いのちたたえて
羽ばたきながら どこまで昇る
月の光に浮かれ出でしは
るるんる るんるん ほほんほ ほんほん
オオミズアオ 水鏡の
なかで踊るよ いのち讃えて

## お蚕さん　（二〇〇四・二・二一）

お蚕さんが　桑たべている
ざわざわざわざわ　桑たべている

お蚕さんが　皮ぬいでいる
ゆるゆるゆるゆる　皮ぬいでいる

お蚕さんが　糸吐いている
音もたてずに　糸吐いている

お蚕さんは　繭にかくれる
白いお部屋の　いごこちいかが

繭からとった　絹糸きらら
金襴緞子（きんらんどんす）の　花嫁衣装

お蚕さんを　飼う人たちが
いなくなったら　さぞ寂しかろ

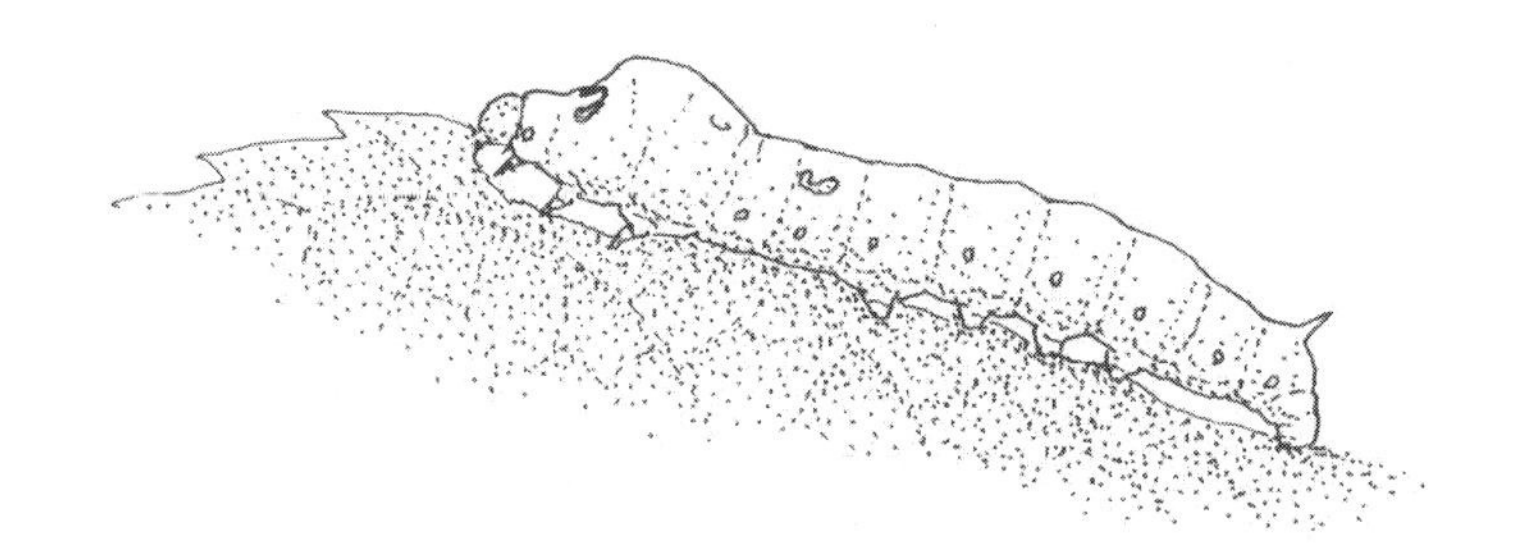

## すてきならせんの網が（オニグモ）　（歌う昆虫記）

やあ　オニグモさん　くるくる回るね
おお　すてきならせんの網が
みるみるできるよ

横の糸にはねばねばの玉があり
虫さんがつかまれば　もう逃げられない
縦の糸にはねばねばの玉がなく
オニグモ母さん　するすると歩くよ

やあ　昨日の網は　むしゃむしゃ食べちゃって
毎日張り直す　働き者！
虫さんがかかれば真っ白な太い帯
どんどん出して巻き付ける　すごい技！
やあオニグモさん　静かにしているね

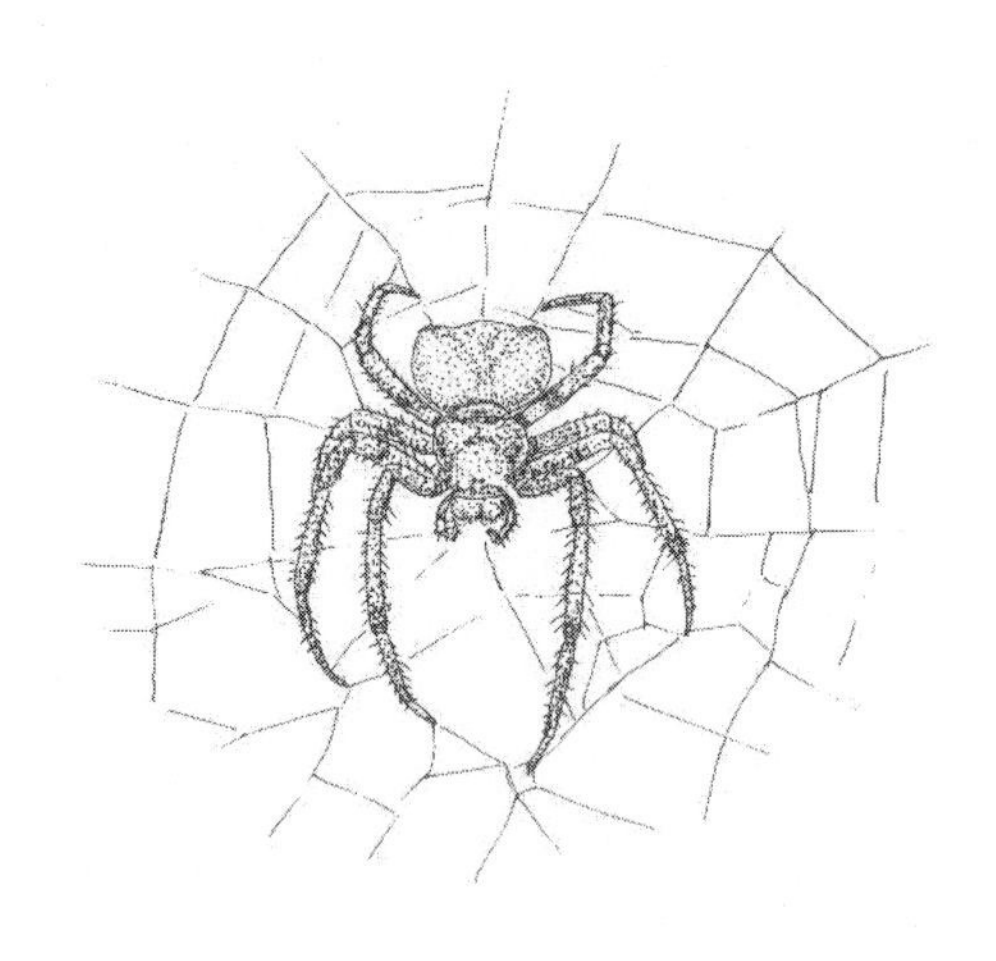

円い網の真ん中で　そよ風にゆれて

（注）日本全土に分布するクモの代表格で、大型の種類です。六～一〇月にかけて、夜になると人家の軒下や樹間に垂直の円い網を張って、獲物を待ちます。網に獲物がかかると超スピードで飛びかかり、沢山の糸を出してラッピングします。網は朝にはたたみます。

# オニヤンマ

障子の開け放たれた縁側で
弟と「まま母さんが来て　また行っちゃって」
をして遊んでいたら
知りたがり屋のドロのやつが
ソーデスヨ　ソーデスヨ　ソーデスヨ
なんて　したり顔してやってきた
きゃつはぼくらの目の高さで
大胆不敵に縁側を越え
穴蔵のように暗い奥座敷の寝室へ
ワカリマス　ワカリマス　ワカリマス
と入っていった
（やりおるわい　空飛ぶ踏み切りめ）
ホーソーキタカ　ホーソーキタカ
と出てきたドロは
ぎらり　エメラルドの複眼で人類をにらみ

泥棒紳士の貫禄もて　ぼくらをばかにした
ドロボーヤンマ　略してドロとは
ふるさと横浜の　味な方言
家をのぞくのがこよなき趣味の
日本最大種ヤンマに冠せし尊称デアル

（注）「まま母さんが来て　また行っちゃって」は単なる言葉遊び。

# 蚊　（二〇〇四・二・二二）

ぶーん　ぶーん　ぶーん
ぷゆゆん　ぷゆゆん　ぷゆっ
しーん　すっすっすっ
どっくん　どっくん　どっくん　どっくん
ほわーん　むーっく　ぷーっく
ぷっくん　ぷっくん
ばしっ！　ひらりっ　げげっ！
ぷゆゆーん　ぷゆーん
かいかいかいかい　かいかいかいかい
かいかいかいかい　かいかいかいかい
こんちくしょうっ！

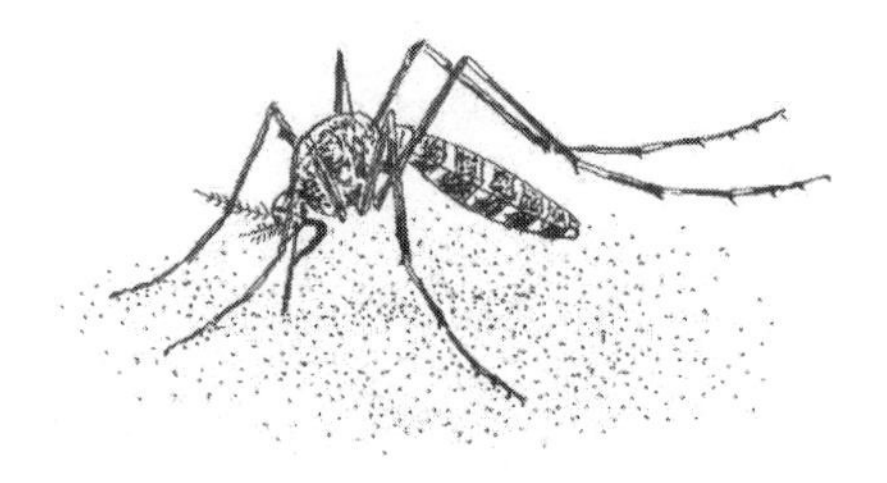

## 蛾　（二〇〇二・一一・二六）

冬の夕べの街灯に
ヒヒルが一羽翔んできて
狂ったように光を揺する
砂金色した光をね

ウスタビガの四枚の翅の透明な眼状紋を
威嚇の小道具とわたしは想わぬ
無辺際に多様きわまる宇宙の
単純至極な表出として
鱗片の被覆から自由なその領域は
風に乗り国境のおちこちを旅する
シュレーダー・ダイダラボッチの覗き眼鏡
であるかもしれないのだから

（注）ヒルルは蛾の古名

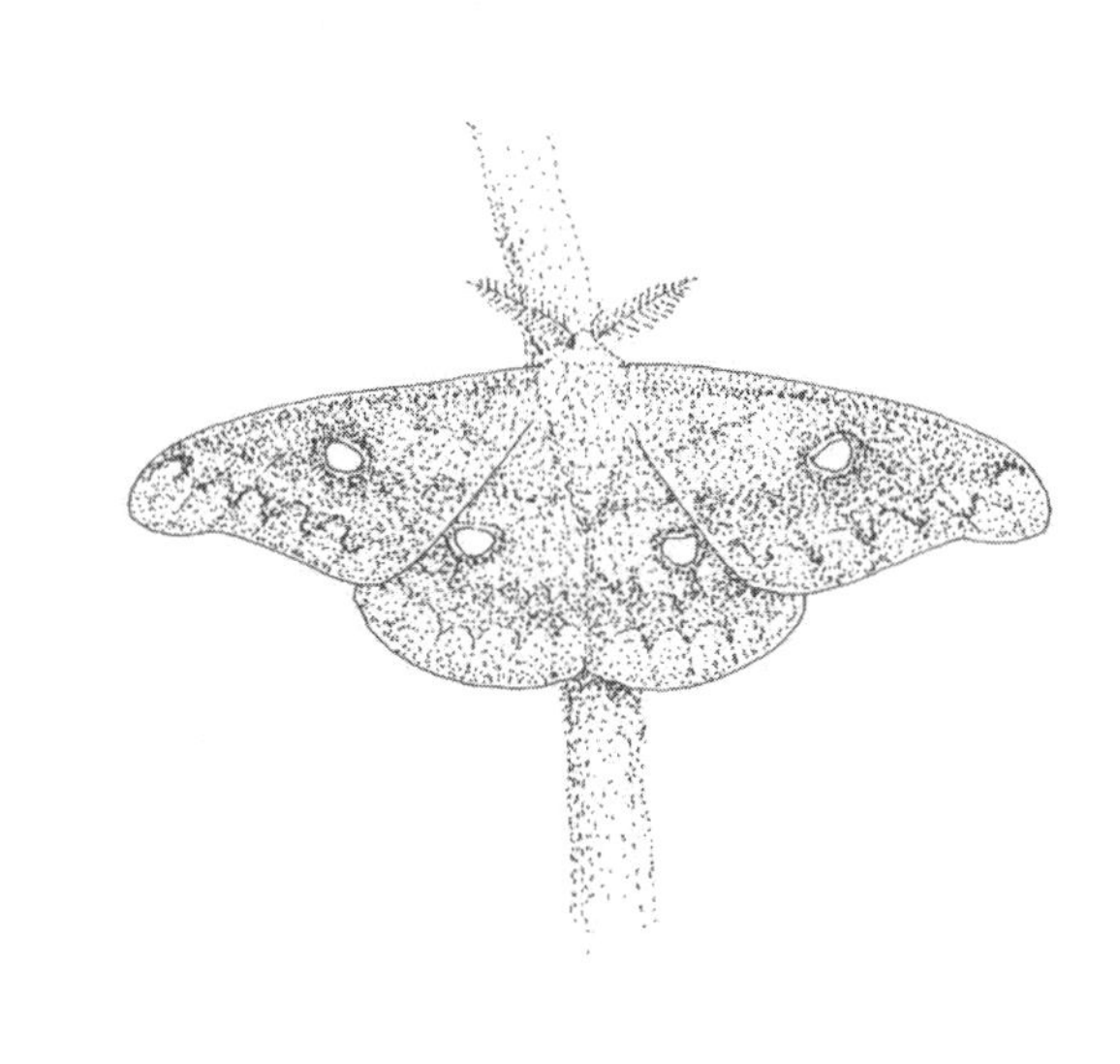

## 蛾　（二〇〇四・二・一九）（作詞・作曲）

伝説の蛾がよみがえる
夕空をとぶ白くてあおい蛾が（蛾が…）
野球場のナイターの灯におびきよせられてラララ…
虚空を舞うのは雑木林の精　はるかな野のフェアリー

若者達は固唾（かたず）をのんで
帰ってきたスーパースターの一発を待つばかり
（ホームラン　ホームラン　ホームラン　わーわー）
伝説の蛾を信じる者などいない
だが　あおい巨大な蛾が一匹
狂乱の時代のうめきに目を覚まし
平和よ、平和よと愛（かな）しくうたう
光あつめて、蛾よ

（注）鳥越ゆり子氏の依頼で「関西金子光晴の会」のために創作。

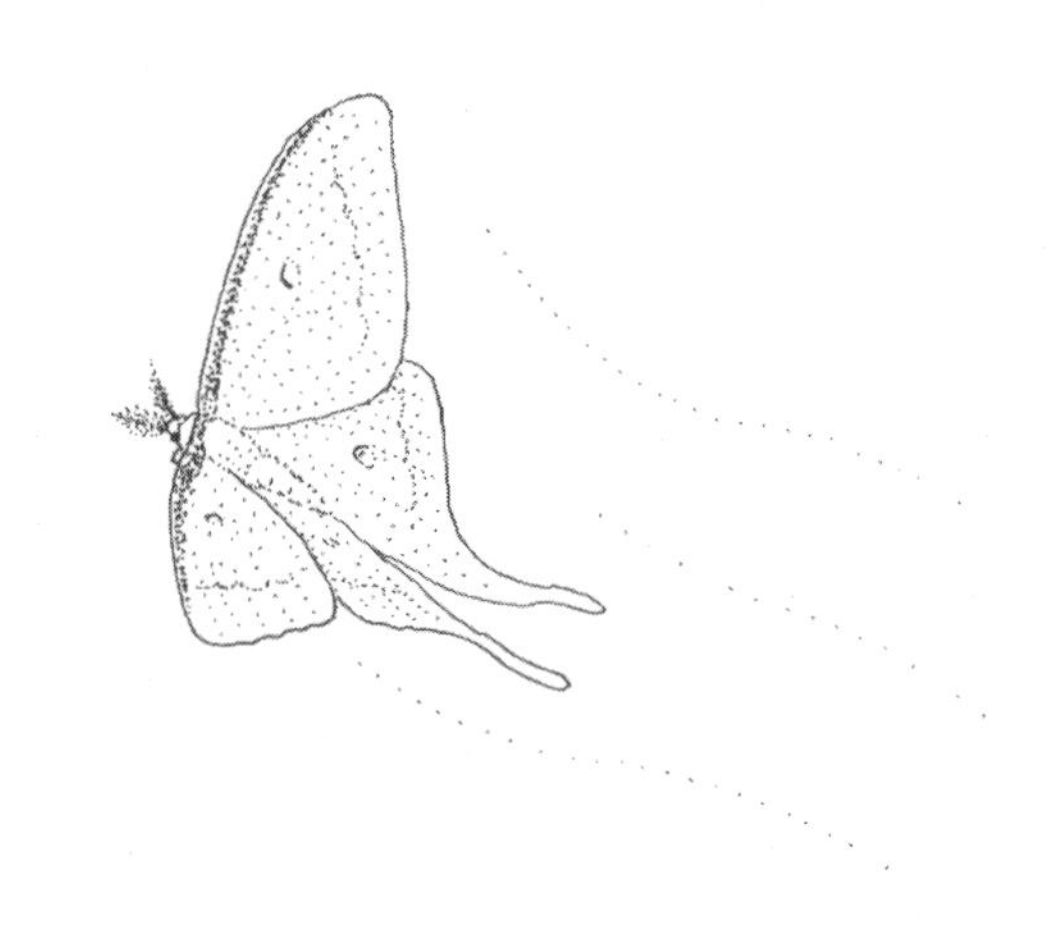

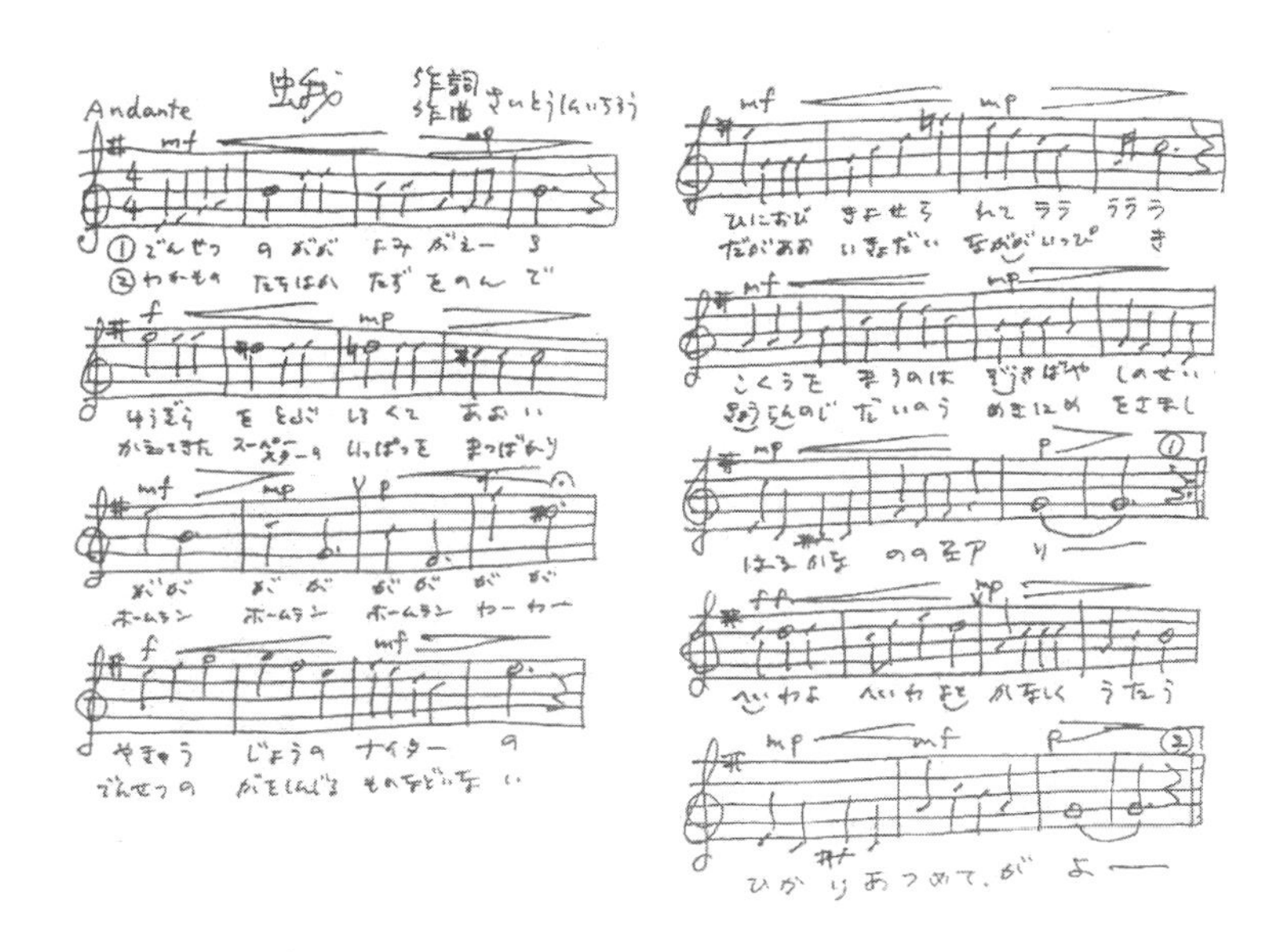
Andante
作詞
作曲

## ガガンボ　（二〇〇四・二・二二）

「足長おじさん　足長おじさん
貧乏ゆすりが　なぜお好きなの？」
「知らないねったら　知らないね
おいらはガガンボ　なっちゃうだけさ」

「あのね　キリウジガガンボおばさん
子どものころの　お話しをして」
「田んぼがあたしの　遊び場だったわ
稲の根っこが　おいしかったわ」

「ニッポンユキガガンボさん　あなたってすてき
クモさんに似て　格好いいし」
「だろうよ。ぼくは雪の上に出て
わが世の『冬』を　謳歌するのだ」

**Oh, my great Crane flies, or sometimes so called Daddy-longlegs!**

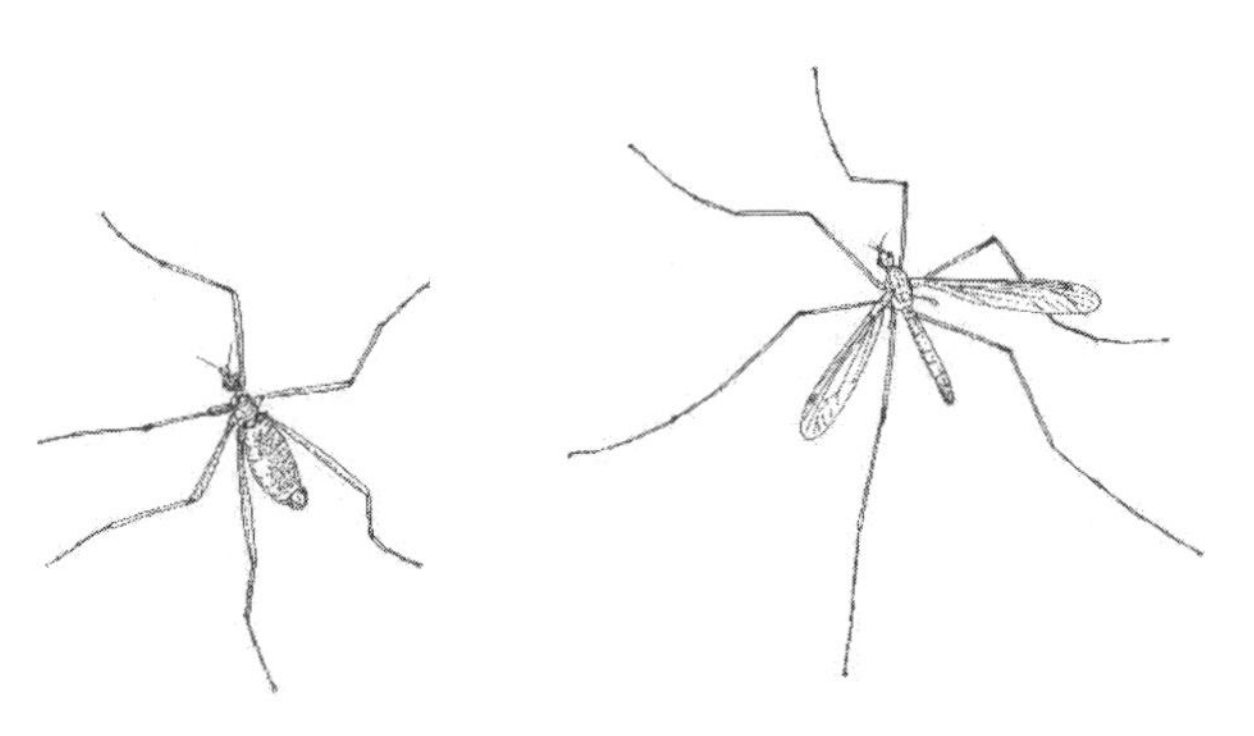

## カナブン　（二〇〇三・一二・二七）

カナブンブンブン　ぶんぶんぶんぶん
ギンムシ　ギンギン　ギンガネ　ギンギラ
ブンガネ　ブンガラ　ブンブラ　ブンブン
ホンガネ　ホンギン　ホージク　ホージャク
カーニーベンサー　カーニーブーブー
ガンガラ　カメガラ　カネムシ　ガンガン
コーラムシムシ　コガネ　コンガラ
シーブン　シーブンブン　ズガネ　ジョーガネ
ビービー　ブイムシ　ブーブー　ブンメキ
ぼくが集めたカナブンの方言

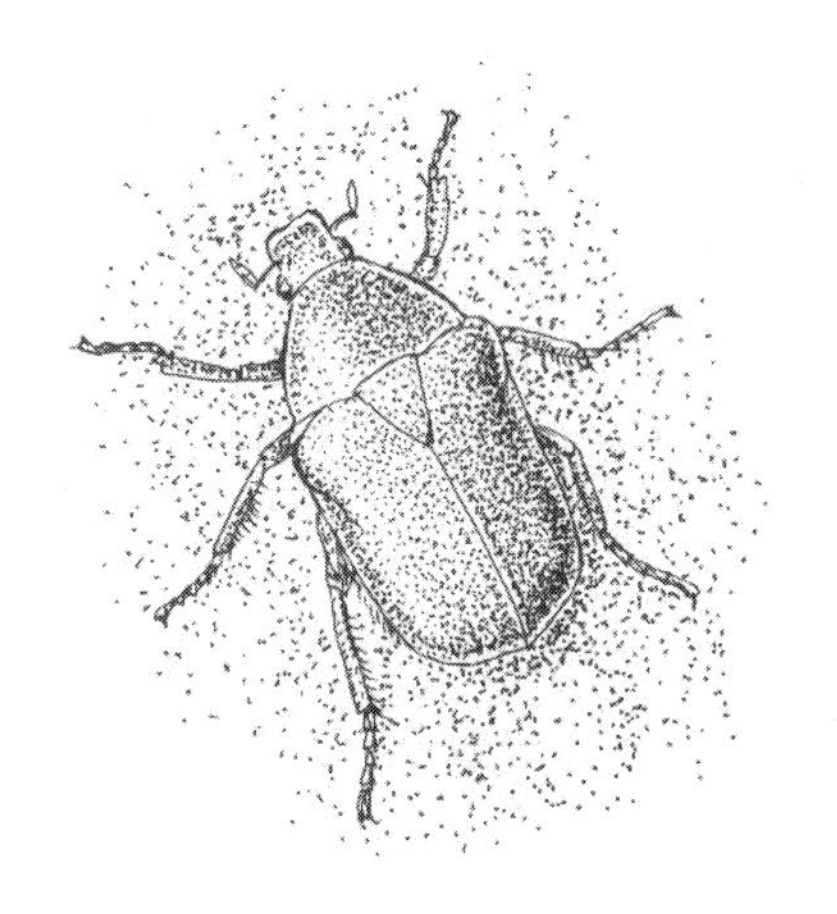

## カブトムシ　（二〇〇三・八・一四）

カブトムシがとんだ　ゆるゆるとんだ
カブトムシがとんだ　クヌギのこずえ
カブトムシがとんだ　まひるの空に
カブトムシがとんだ　さあ　追いかけろ

夜のだいすきな　カブトムシさん
どうして昼間に　空をとんだの？
きみたちが　みんなして
クヌギの幹を　ゆらしたからさ

おい　気をつけな
樹液食堂にいるのはな
おいらの親戚ばかりじゃないぜ
働き者の　スズメバチのお嬢が
だまっちゃいないよ　よく気をつけな

真っ昼間　クヌギの幹を　ゆらしちゃいかん
昆虫をあまくみるなよ　小僧！

## カブトムシ

のっそり　のっそり　のっそり
一本角の　カブトムシ
きみの上着の一張羅（いっちょうら）
鎧のように見えるけど
ただ甲虫の宿命で
戦に備える武具じゃない

のっぺり　のっぺり　のっぺり　のっぺり
朽ち葉の中の　スクモムシ
つきたてお餅の　やわはだで
甲羅も角も見えないけれど
これが未来のカブトムシ
とは本人もご存じない！

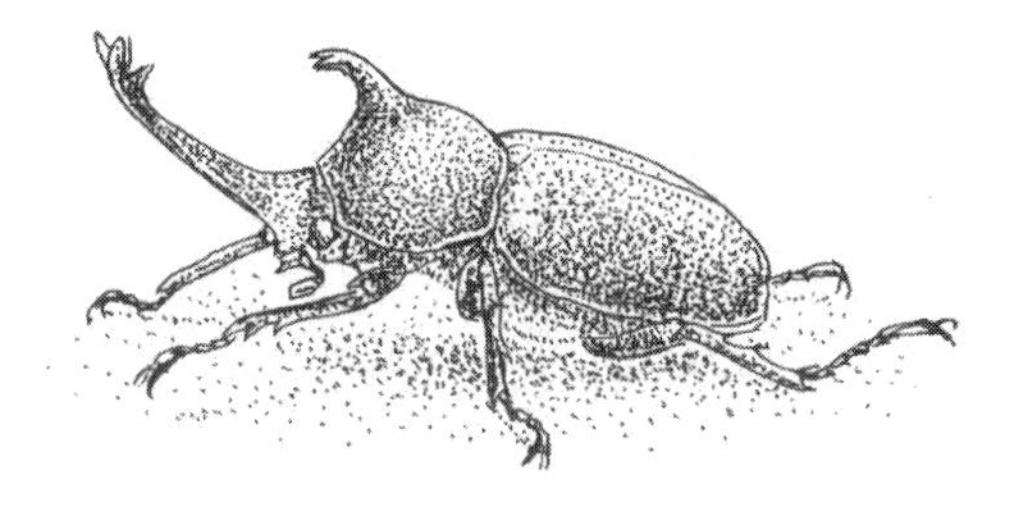

## 歩き方はＤＮＡのしわざ（カマキリ）

（歌う昆虫記）

おふのような　カマキリの卵のう
おいしそう　でも食べられないね
風薫る五月
カマキリの卵のうから
カマキリの赤ちゃんが
出てくるわ　出てくるわ

細くて　透明で　しなやかな
生きている　ガラス細工
からだとからだが　つながりあって
糸くずのトコロテンが
地球の引力に　引かれるように

葉の上に着地した　一匹の赤ちゃんは
ああ　みごとな三角の頭を持つカマキリで

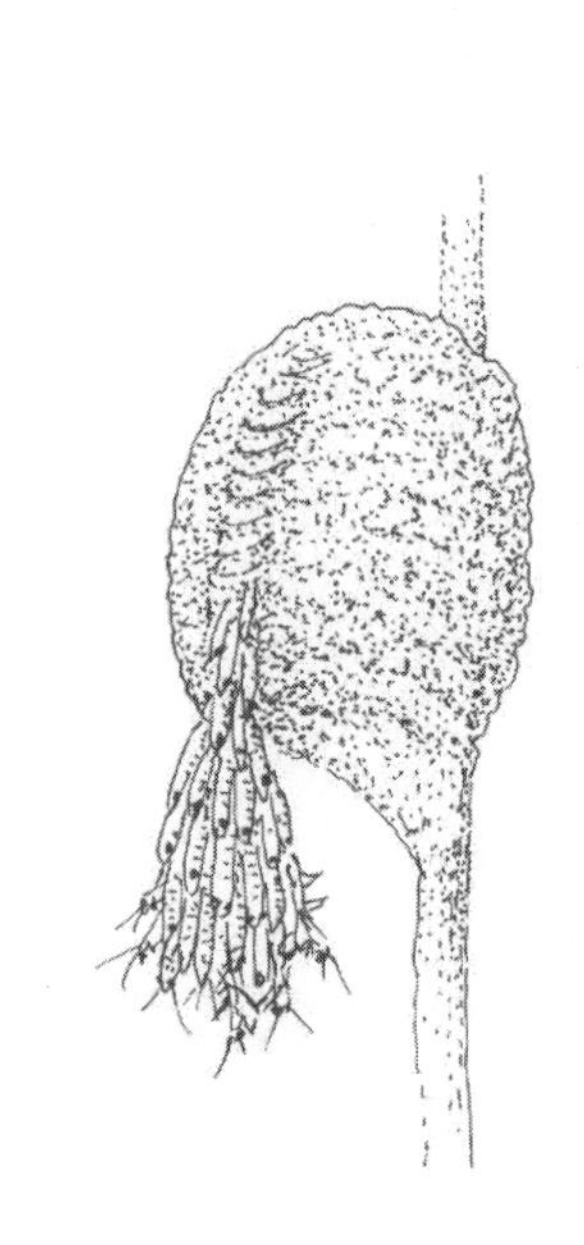

やがてヨチヨチ　歩行の練習？
いいえ　カマキリが生まれるときに
カマキリのお母さんは　もういないのさ

カマキリ歩きは　ＤＮＡのしわざ
カマキリ歩きに　お勉強はいらない
中足　後ろ足を　繰り出す順序にご注目
カマキリの歩き方　ねえねえ　知ってる？

（注）逆三角形の頭と大きな目、そして鎌形の前肢を揃えて構える姿は闘争的です。肉食性で、生きた昆虫を襲って食べます。花にそっくりな擬態のものなど、世界には一八〇〇種もいますが、日本には九種です。中でもオオカマキリは八〜九センチもあります。

## 闇の隅っこ（カマドウマ）　（歌う昆虫記）

カマドウマ　カマドウマ
土間の隅っこ　気持ちが良いかい
ミソナメ　ミソナメ
暗い味噌蔵　涼しいか夏も

カベウサギ　カベウサギ
ぴょんと跳ねた　ぴょんと跳ねた
サルッコ　サルッコ
今跳び出すぞ　今跳び出すぞ

ハネネコ　ハネネコ
にゃんと鳴かぬ　にゃんと鳴かぬ
井戸神さま　井戸神さま
カマドウマ

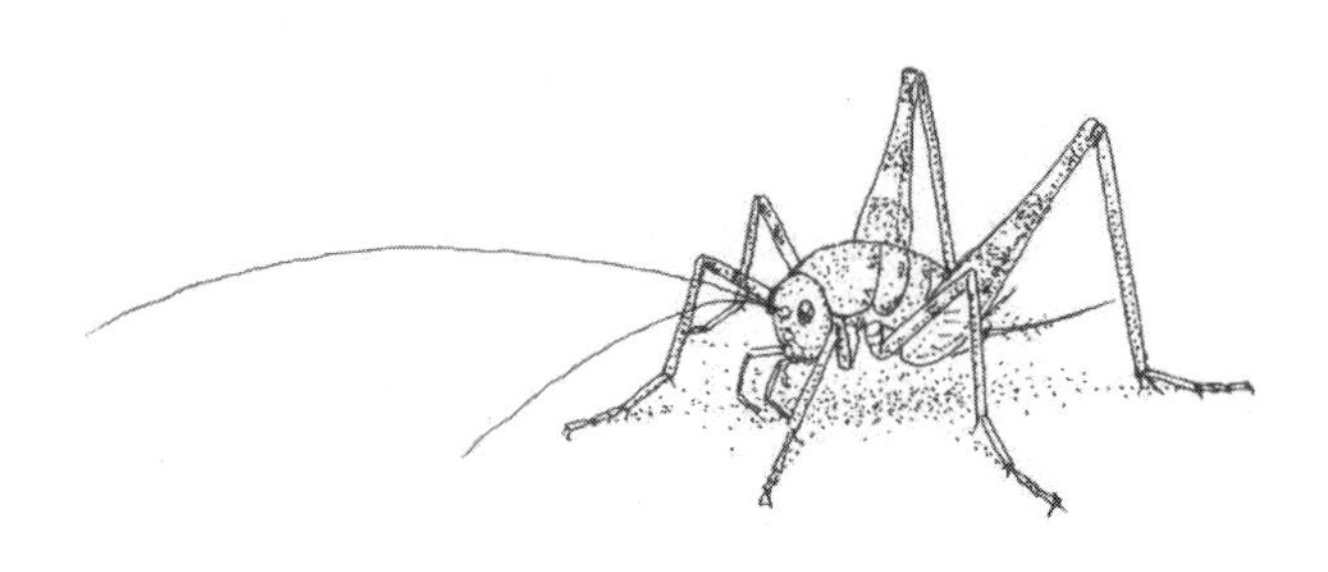

守ってくれて　ありがとう

（注）バッタやキリギリスと同じ直翅類ですが、背中が湾曲して翅がなく退化しています。後脚がとても発達していて、跳躍力に優れています。触角は糸状で大変長く、敏感です。日本には一五種ほどいて、かまどの周りで馬のように跳ねるところから、この名前があります。

## キアゲハ

おひさまからきた　はがき一枚
沼のほとりに　とまっている

ぱぴる月七日ひる
コロナのかがり火　光のお砂で　虫の祭り
おひさまからきた　はがき一枚
指揮者気取りで　肩をゆする

変身したくて　虫をやってる
訳ではないけど　胸ときめいたわ　皮ぬぐときに
おひさまからきた　はがき一枚
見て見てみんな　もようのおしゃべり
ぬくいひざしに　うつうつうつうつと

はがきのおしごと　忘れてねてた　ぱぴる月七日ひる

## キタテハ

むかし　ぼくの家の　北側の羽目板に
尻尾の先でぶら下がる　汚いサナギが　しこたまいた
弟と二人して　家の北側で　遊ぶとき
モミジの形の葉を持つ　とげの痛い　カナムグラに
ほとほと悩まされた
でも　そこは　羽の裏に　銀文字の　英語のイニシャルをつけた
精悍な蝶の群飛する　星雲の中であったから
そうしてぼくらは　ふちのぎざぎざした羽を
ぱたぱたと開き　また閉じる
ろうそくの炎の色の蝶を　こよなく愛する少年であったから
そこで過ごす　透明な一時を
外遊びの第一順位と　思い定めていたのだった
虫の国の風鈴よろしくつり下がる　汚いサナギは　這う虫の時代
とげとげのカナムグラの葉を　食べて育ち
彫像の時代を経て　銀文字のイニシャルに変身したが

その秘密を　ぼくらは五年もかけて　しこたま　たっぷり
充分に楽しみ
無限に広がる幸いとして　手に入れたのだ

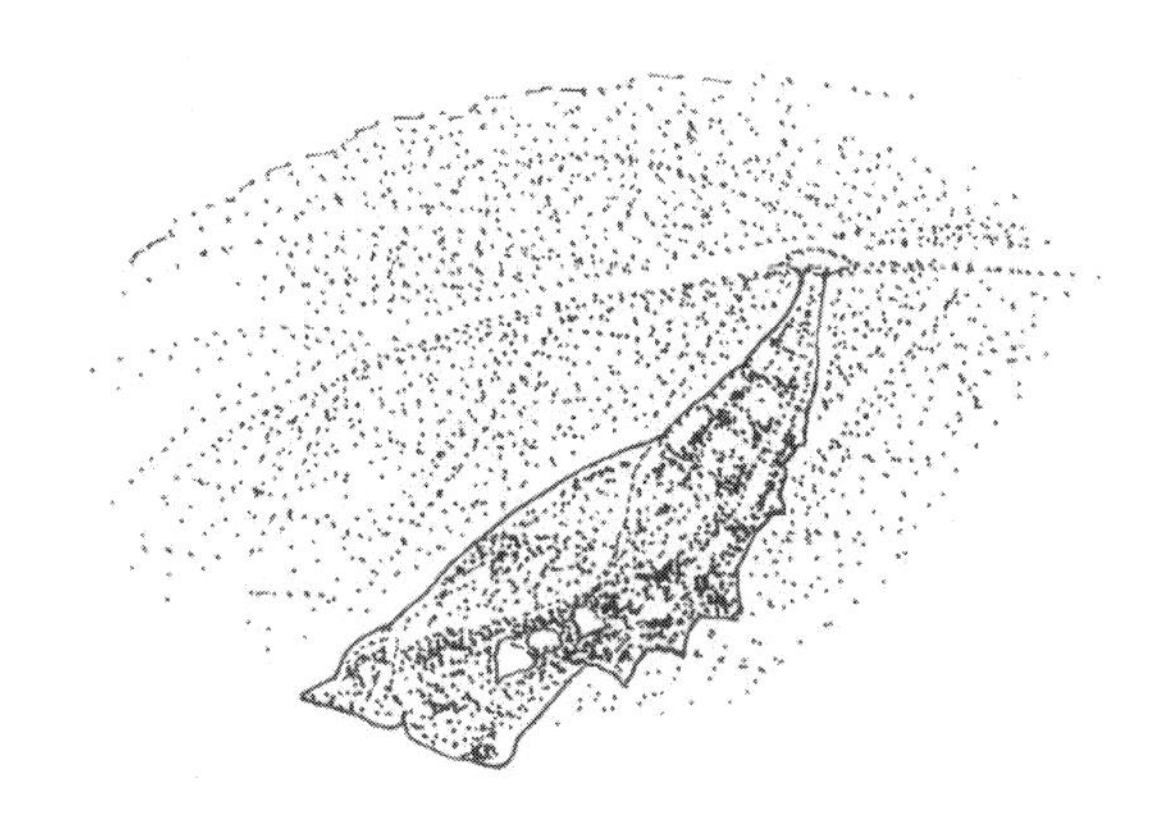

## キハダエビグモ　（一九八四・九・二五）

杉の剥皮（はぎがわ）のうえをさらさら歩くのは
あれは隊商ではありません
抜け殻を小粋に残して昼下がり
肌玲瓏（れいろう）の捻れ杉を惑星と見立てつ揺れるのは
あれは軽快な蜘蛛たちの舞踏
泉水はつい今し方伏流し
なべての光が森の時空に拡散する
ああこの明るさはヴィオラに詠み替えたアルマンド
ハ調素朴律、ポジションなしで
素早く長く、小さく強く
耳底をひとすじに曳航し行く
杉の剥皮のうえをさらさら歩くのは
あれは退屈を至上の美徳とする
淡褐色平明の蜘蛛たちの舞踏

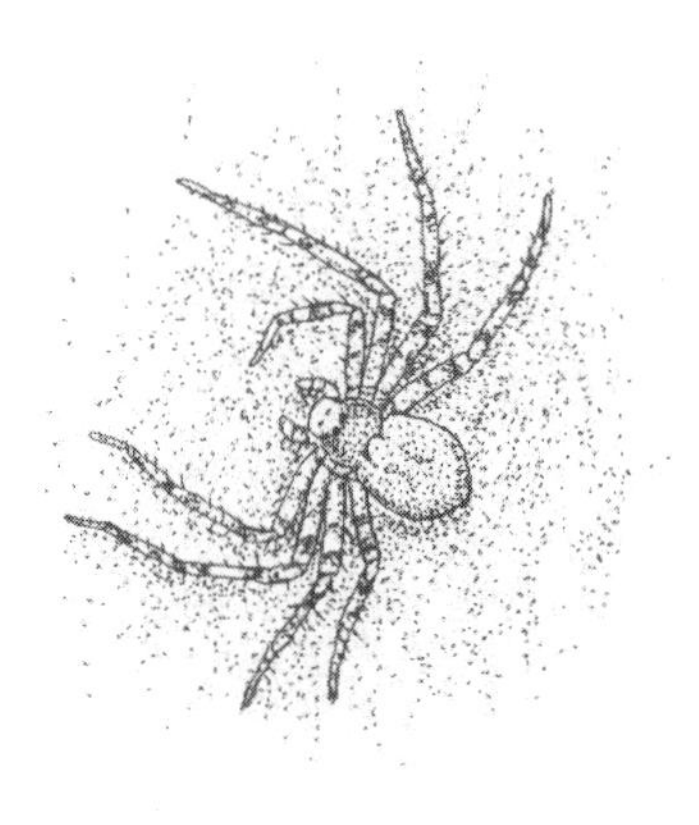

## ギンヤンマ　（二〇〇四・二・二四）

瑠璃の飾りのギンヤンマ
加賀の千代女の子どもらも
蜻蛉を追って日が暮れた

紅茶の羽のギンヤンマ
川のほとりは黄昏れて
わんぱくたちはもういない
白銀色のギンヤンマ
チャンをおとりにギンを釣る
野遊び今は遠い夢

少年の日の大空に幾万の
蜻蛉の翔べるふるさとは消ゆ

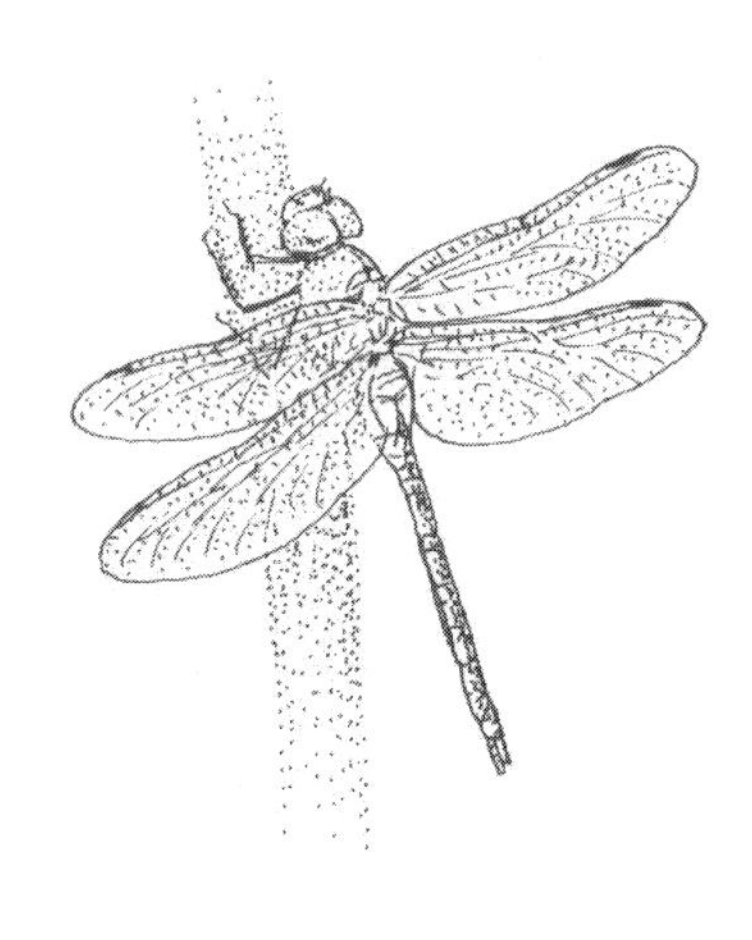

## クサカゲロウ　（二〇〇四・二・二〇）

レースの羽の　かあさん虫が
葉っぱの裏に　お尻をつけて
離すと　細い糸のびてくる
頭に帽子が　まち針のよう
五つも十も　七つも二十も
虫の卵よ　優曇華（うどんげ）の花よ

赤ちゃんみんな　腹ぺこさんで
葉っぱや枝の　アブラムシくん
ちゅうちゅう吸って　どんどん育つ
かあさん虫も　大食いさんね
まいにち百も　アブラムシを食べりゃ
農家の皆さん　ほくほくよ

霧のレースの羽しとやかな

緑したたる　クサカゲロウよ

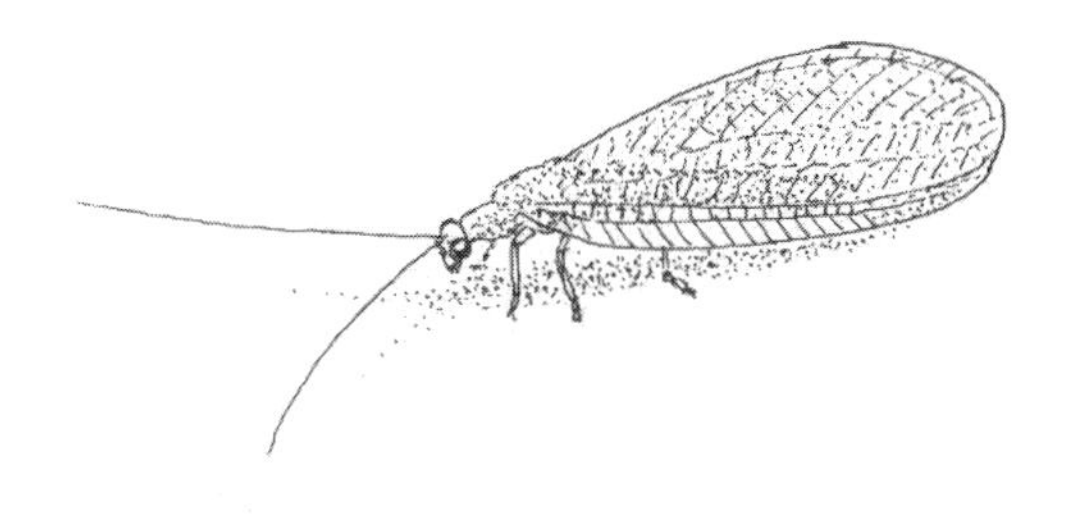

# クスサン

はい　栗の木にいる　青白い　大きな毛虫を
酢酸で　煮ましてね　腹の中から　テグスを
とったです　今思えば　絹糸腺ですかな
この毛虫を　なぜか　シラガダユウと　呼んでました
一匹から　六尺くらい　釣り糸がとれたです
板に　釘打って　釘に　片っぽ結んで
ぐうっと引っ張るです　それは丈夫なテグスでしたよ
殺さずに放っとけば　やっこさんたち
木の上で　カゴマユを　作ります
カゴマユは　半分にして　農作業のときの
指ぬきにしたもんですよ
え　これが　シラガダユウの蛾ですか
はあ　そんなもんですかね
あったかそうなきれいな上着ですねぇ！

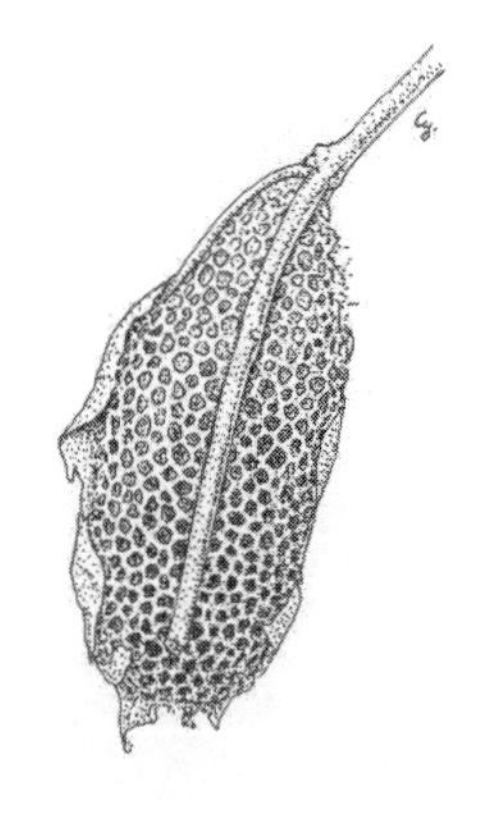

## クマバチ

大好きなイルカが　ビロードのチョッキを着て
子どもにやる花粉を集めている

羽のある　えくぼのある
ママさん歌手として好きなのだ
もんぺのポケットに花粉の団子をたくわえる
母性として好きなのだ

娘のような　母さんのような
恋人のような　少年のような
ぼくのイルカは野原のクマバチ

# クモはすばらしい　（作詞・作曲）

ぼくの町は小さく　何という物ないけど
あちらこちらの家に　きれいなクモが居る
八本脚のおりこうさん　クモはすばらしい

くるりくるり器用に　糸を出して網張る
誰も教えないのに　見事ならせん網
八本脚のおりこうさん　クモはすばらしい

窓ガラスをするする　走るなんて平気さ
獲物にぴょんと飛びつく　ミスジハエトリ
八本脚のおりこうさん　クモはすばらしい

花にじっと座って　チョウもアブも食べちゃう
待ち伏せ屋の私　ハナグモ　アヅチグモ
八本脚のおりこうさん　クモはすばらしい

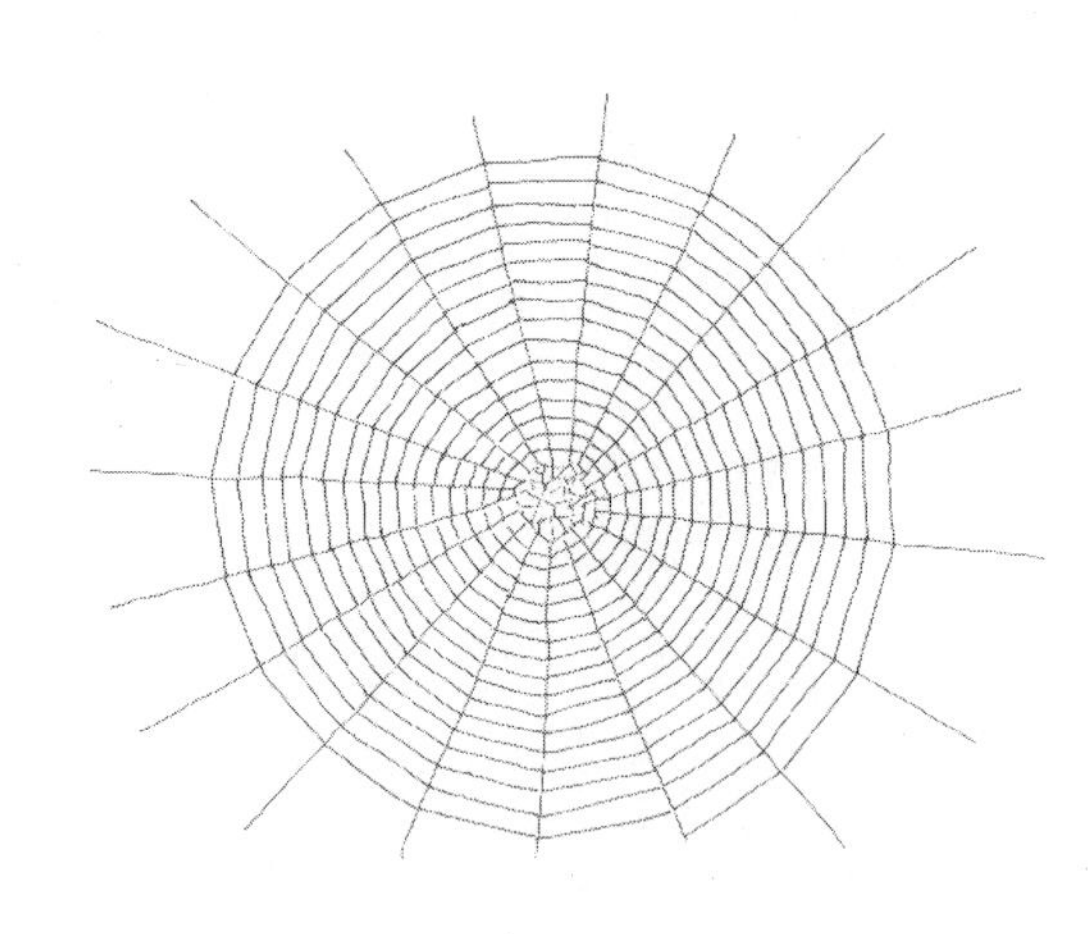

# 「クモはすばらしい」

さいとう しんいちろう　詞・曲

## クモマツマキチョウ　（二〇〇四・二・二二）

林檎の花咲く　生け垣に沿って
蝶がまっしぐらに　飛んでいく
ここはユーラシア　北方の平原
白鳥のひなが　殻やぶる季節
さながら　駅伝競走のように
次から次へ　コースを守り
めぐり行くのは　はらからの蝶
ひとすじの道　一途の思い

飛びくたびれた　一匹がふと
着地したのは　カキドオシの花
夢中で蜜のむ　オレンジ色に
染めた前羽　ななめに広げて
林檎の花咲く　生け垣に沿って
どこまで行くのか　クモマツマキチョウ

## クワガタムシ

あごであぐあぐ揚げ菓子かめば
あごの大きな虫思い出す
あごでもってるクワガタムシの
あごにあこがれ　あごなでている

あごをかざして　さあお相撲だ
あごとあごとががっぷり組んで
あごもちあげる　あごふりとばす
あごはあごでも　見事なあごだ

あごが自慢のクワガタムシは
あごの小さな雌クワガタも
あごにやっぱりプライドがある
あごをあげたり　あぐあぐしたり

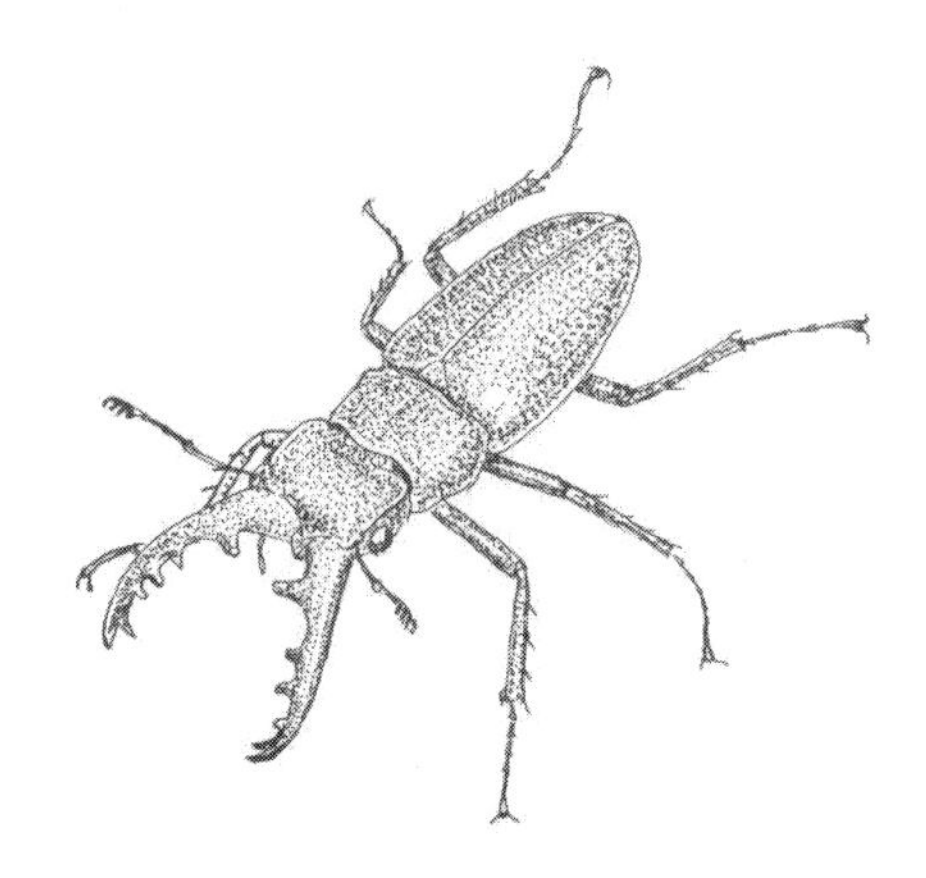

## 肩とってすそつげ（コオロギ）

（歌う昆虫記）

肩とって　すそつげ
すそとって　肩つげ
寒さが来るぞ　みぞれが降るぞ
コロコロコロコロ　ホロホロホロロ

唐傘　破れりゃ
捨てずに　直せよ
かまどの隅で　鳴くコオロギの
言葉を知ってた　ひいおばあちゃん

肩とって　すそつげ
すそとって　肩つげ
寒さが来るぞ　みぞれが降るぞ
コロコロコロコロ　ホロホロホロロ

（注）キリギリスやバッタと同じ仲間で、昆虫類のグループ分けでは直翅類です。コオロギはまさに混声合唱隊です。中でもエンマコオロギの音色は多彩で美しいと言われます。寿命は幼虫で二ヶ月、成虫になって二〇日～一ヶ月です。秋には声がかすれてくるのです。

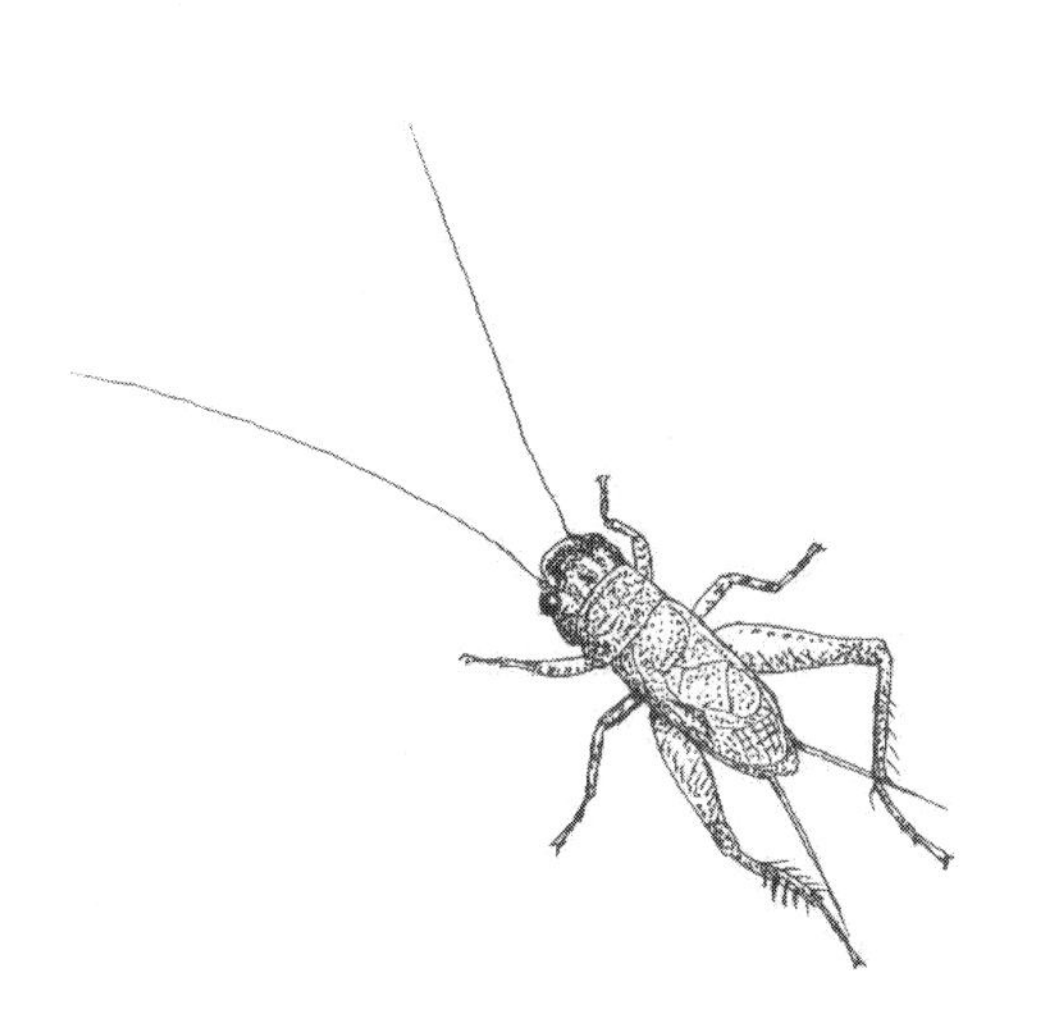

## 乙女の会話　（コガネグモと人間）

ＡＢＣＤＥＦＧ……ＲＳＴＵＶＷＸ
「ねね　あたしって　英語を書けるクモなのよ
大きな網の真ん中に　Ｘの字をひとつだけ」
「まあすてき！雪のように白い　ギザギザのアルファベットね
Ｘ…Ｘ…Ｘ…　方程式の未知数みたい　わあ目が回る」
「ウフフ…　大きな網の真ん中で　謎かけしてるの　あたし」

「黄色と黒のしましまドレス　すっごくおしゃれね　お名前はなに？」
「鹿児島の人はヤマコッと呼ぶわ　対馬の人は　ジョーラというわ
瀬戸内海ではダイラ　ダイリョー　ダイリュー　ダイジュ」

「あなたって　もの知りねえ　旅行がお好きなのね」

「いいえ　みーんな　風の便り　それより　知ってる？　あたし達の女相撲」

「ええっ　それってなになに？」

「加治木名物　くも合戦　南の国の　年中行事　コガネグモのオリンピック」

「わっ　おしえて　おしえて　おしえて」
「横にわたした棒の上で　二匹のクモが向かい合うわ
戦いが始まれば　引っ掻くわ　振り落とすわ　もう夢中」

「あなたたちって　たいへんねえ！」

「ええ　人間につかまったら　ね」

「そうして　あたしは　ああ　人間の　女の子」

「そうして　あたしは　ああ　クモの　女の子」

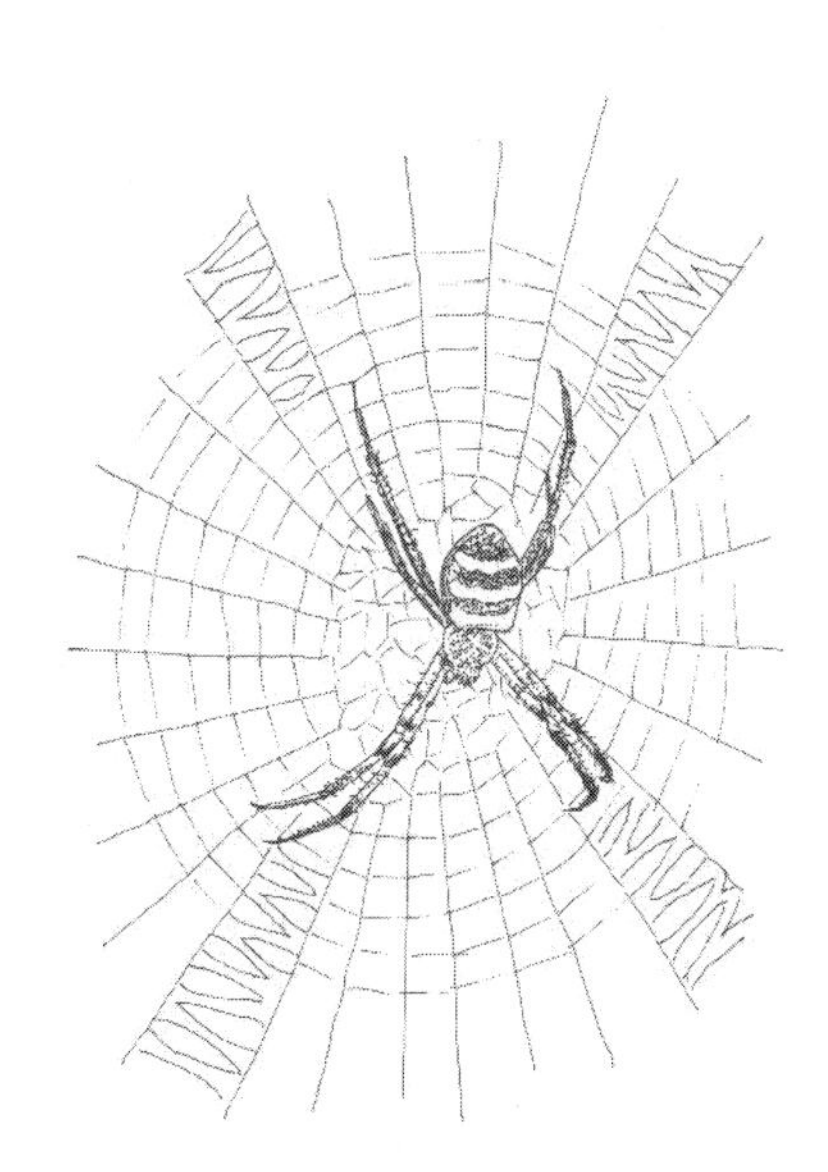

## 三億年も昔から（ゴキブリ）

（歌う昆虫記）

糸より細い　ゴキブリの触角が
ムチのように　ぴんと伸びているだけではなくて
何を探っているのだか
ゆらゆら　ゆるゆる　右に左に
うらうら　うるうる　うごめいているよ

感じやすい　生き物なのだね
三億年も昔から　走りに走ってきたのだね
戸棚のチャバネゴキブリも　大したものだけど
森の繁みで　漆のように黒く光った
オオゴキブリも立派だね

人間と　ゴキブリと　どちらが偉いかね
つまり　ようするに
どちらが　静かに　美しく　生きているかね

どちらが　静かに　慎ましく　生きているかね
きみ　どう思う？　どう思う？

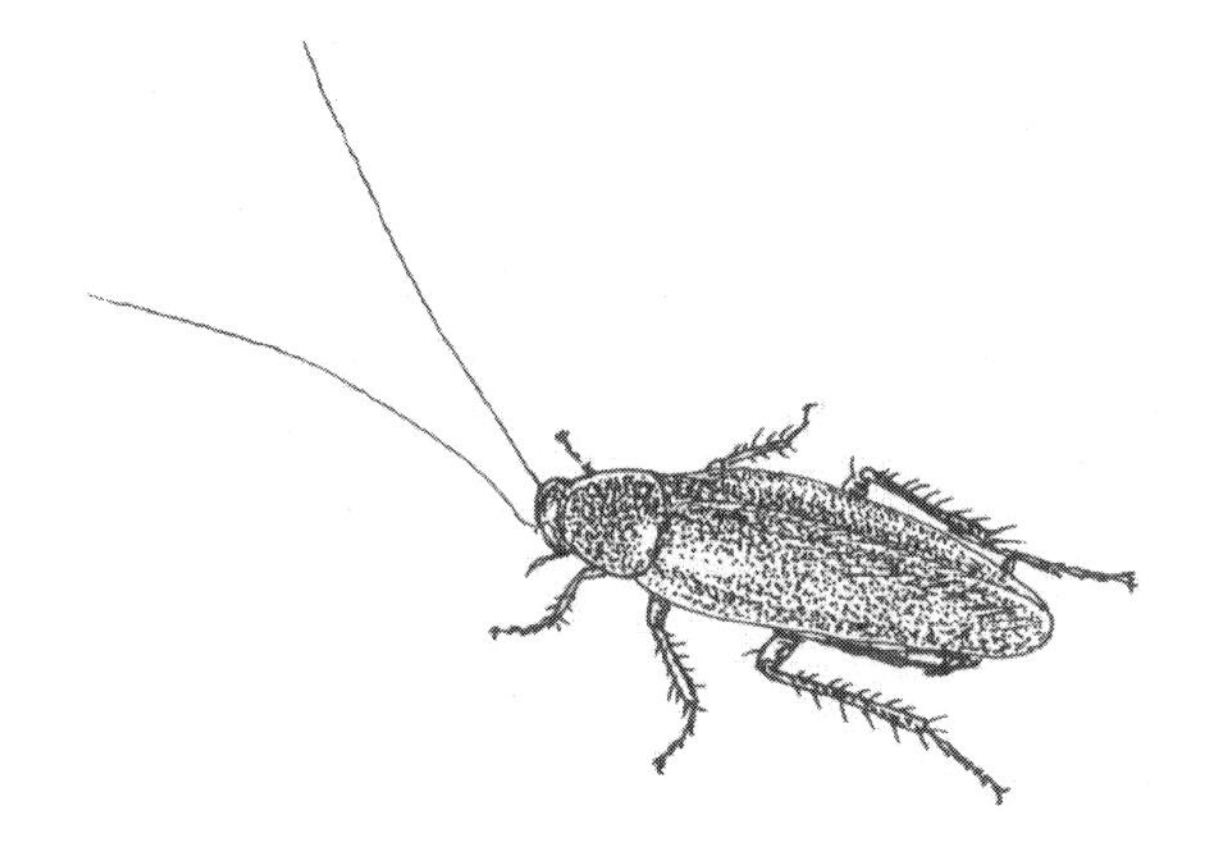

## ゴマダラカミキリ

ぼくにはひげがある
ゴマダラカミキリにもひげがある

ぼくのひげはその数多くして平素汚い
ゴマダラカミキリのは二本でぶちだ

ゴマダラカミキリのひげは六感をつかさどり
ぼくのひげは平衡に関与する

ゴマダラカミキリはひげ故に無様に飛んで
カラスのやつばらに食われるのである

ぼくはひげ故に気味悪がられて
ガラスの海原に隠れるのである

ゴマダラカミキリの背は明暗顕著にして
ぼくの背はひげ相応にかがむのである
ぼくのひげは白黒今や半ばにして
ゴマダラカミキリのは二本でぶちだ

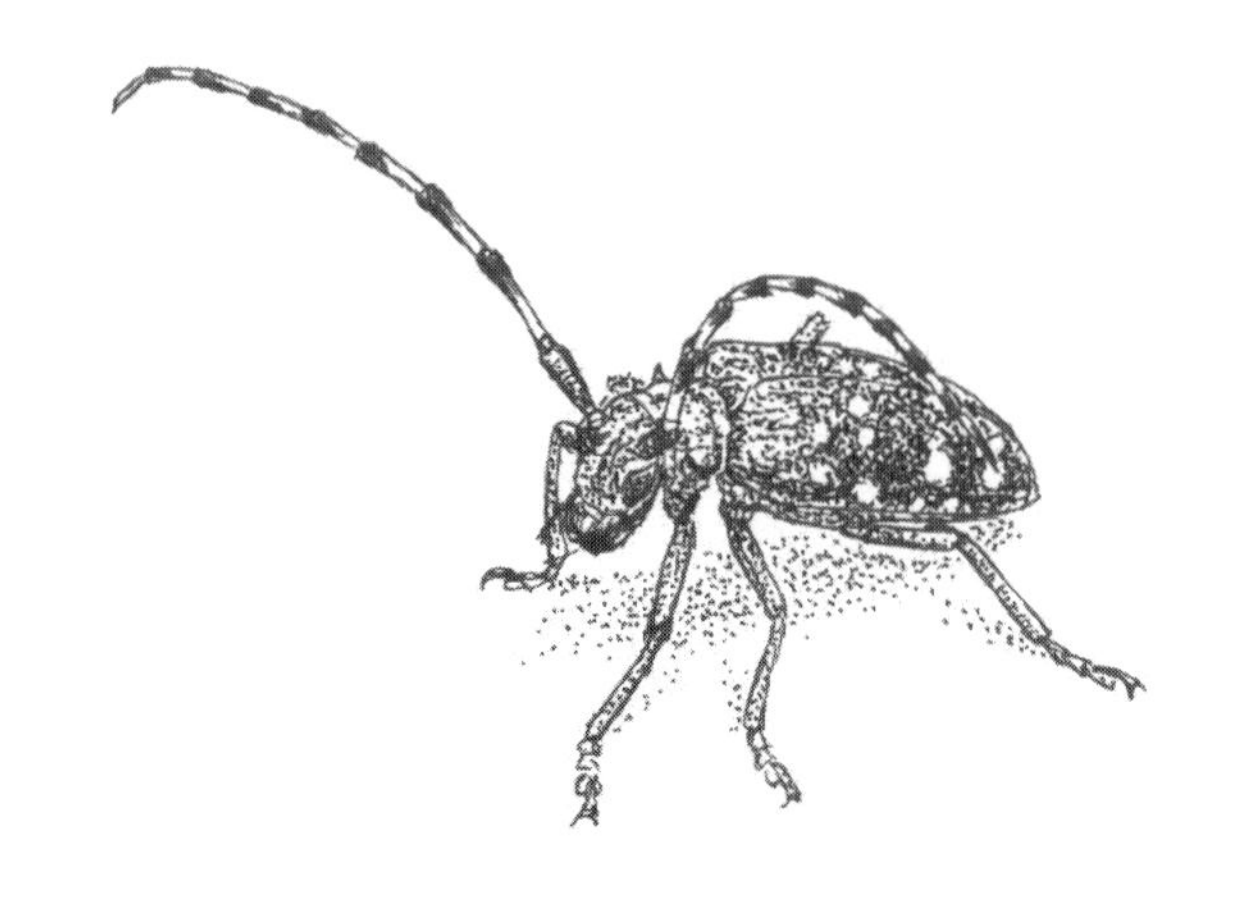

## ゴミグモ

円網の　まんなかに
たてに　ひとすじ　ごみを　つづる
食べた　餌の　かすや　脱皮の　殻を
すてない　だけでも　ご立派　だけれど
おまけに　重力を　作図する
職人気質の　羅針盤つくり
おのれの　すがたが　ゴミの　指針に　まぎれて
ひとさまに　見えっこないと　しらを切る　自信

ゴミグモを　つついて　遊ぶたび
幼い　ぼくは　思って　いたが
ある日　とつぜん　見えて　きたのさ
悪童の　無慈悲な　仕打ちから
ごみに　見せかけた　あかちゃんの　揺りかご
ほんのり　らくだ色の　卵の袋を　守る

虫けらの　母という
宇宙的　愛の　反芻（はんすう）が……

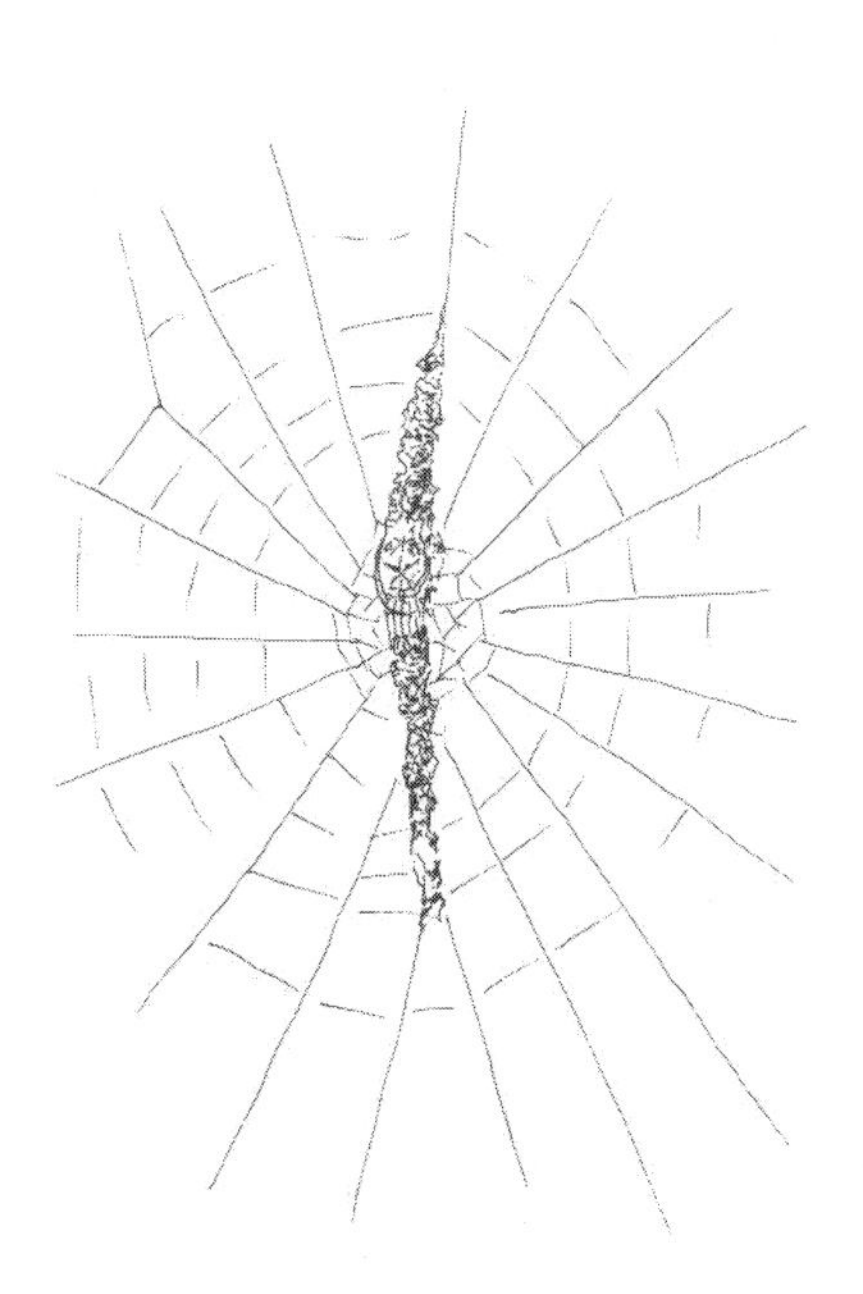

## いつも元気（コメツキムシ）　（歌う昆虫記）

ペッチンムシを　つかまえて
裏返しにして　置いてみよう
ペッチン！　コッキン！　ほら　はねた
うまいねぇ　さすがだね
お腹を下に　もう歩いてる

ざらざらしている　サビキコリ
特大級の　ウバタマコメツキ
櫛（くし）飾りのみごとな触角　ヒゲコメツキ
みんな仲間だ　兄弟だ

失敗したって　なんのその
ペッチン！　コッキン！　また跳ねた
コメツキムシは　へこたれない
コメツキムシは　いつも元気

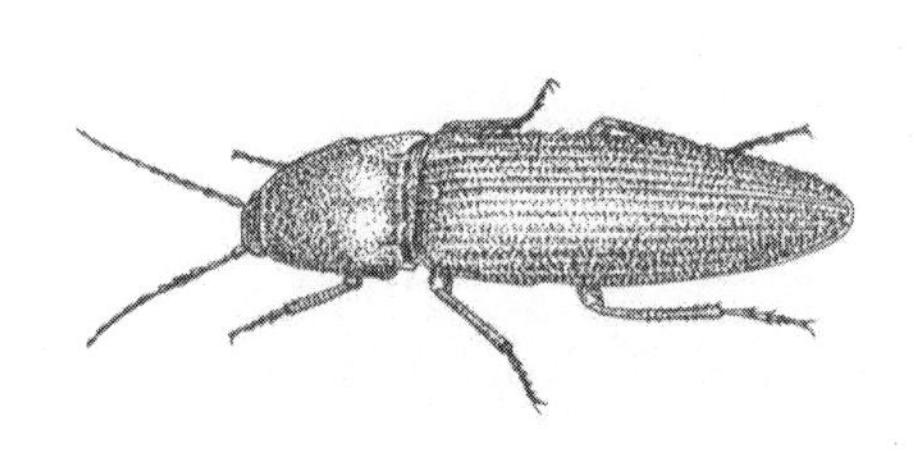

（注）あおむけに置くと前胸と肩で地面をたたいて高く跳ね上がり、着地して元に戻る。その様子は米をつく姿です。林縁、林道、朽ち木や草木の葉の上によくいます。日本にはオオクシヒゲコメツキ、ウバタマコメツキ、サビキコリなど約六〇〇種もいます。

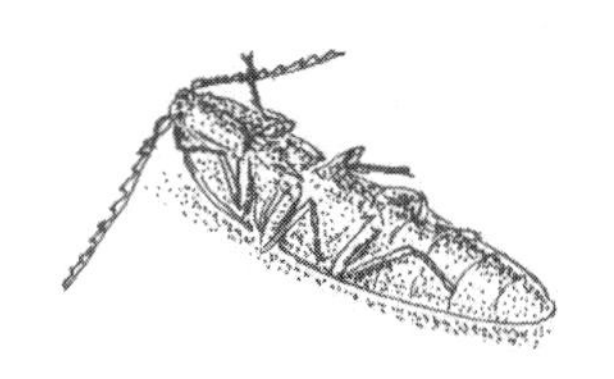

## お茶のみにおいで（ジグモ）

（歌う昆虫記）

お茶のみにおいで
ジモ　ジモ　ジモ
つーれろ　つれろ
赤いまんまやるから　つーれろ

トントン神様　出ておいで
そぉっと　そぉっと　出ておいで

オコシンサン　オコシンサン
雷鳴るぞ　こっちへおいで

デーカン　デーカン
馬に乗って　牛に乗って　出てこい

お茶のみにおいで

ジモ　ジモ　ジモ

（注）樹木の根元や生け垣、家の土台などを利用して、地中一〇〜二〇センチ、地上五〜一〇センチの長い管状の住居を造ります。地上部に昆虫などが触れると、中から住居ごしに獲物に噛みつき、引き込みます。地域別呼称も多く、日本全土に分布する昔なじみのクモです。

## 麝香揚羽（ジャコウアゲハ）　（二〇〇一・五・一二）

瀕死のジャコウアゲハの駱駝色のドレスめが
ひっそりと北向きの畳の部屋にいる。
実に愚劣にも黒砂糖の塊の水割りを与えてみたのだが
淑女は深皿にほどけた折り紙の鳥のように翼を浸し
しなやかな二本の割れたストローから成る長い銭巻き状口吻を
おもむろに伸ばす才覚さえ持たぬ。
そこでようやく按ずるに　太古より蝶には花。
庭のマデイラ産黄ジャスミンのかんばせを
品位ある誇り気高き鼻先に寄せてみた。
するとジャコウアゲハは　いきなり蘇った！
花ののんどに忽然震える口を入れ
蜜を吸う　蜜を呑む　蜜を楽しむ
花蜜たった一本で　おお、かかる羽ばたきを取り戻そうとは。
そうか、もう一瓶進ぜようかね。
そうか、もう二瓶進ぜようかね。

さすれば両翼をつまんで次なる花筒へ。
あたら白蝋の結婚指輪をはめながら
凶運の果て、伊勢の国なる方丈の片隅で
いや渇きの末、微動だにせなんだ
瀕死のジャコウアゲハはあざやかに蘇った。
ぷるるる、ぷるるる、ぷるるる、ぷるるる
と蝶ののんどの快音が聞こえる
かのごとく　いくたび　繰り返し
ジャコウアゲハは黄ジャスミンの細き花筒の底に醸されし
むせる香の美酒に酔いしれた。

## はた織っておくれ（ショウリョウバッタ）　（歌う昆虫記）

はた織りおばさん　はた織っておくれ
ユックン　バッタン　ユックン　バッタン
はた織っておくれ

舟こぎおじさん　舟こいでおくれ
ギーギー　ルールー　ギーギー　ルールー
舟こいでおくれ

禰宜（ねぎ）さん　神主さん　太鼓たたいておくれ
トントン　カッカッ　トントン　カッカッ
太鼓たたいておくれ

野原で遊んだ　草色の虫
手から逃れて　一気に跳んだ

（注）キチキチキチキチと音をたてながら跳ぶものもあって、キチキチバッタと呼んでいる地方もあります。頭は長く尖り、幅広の触角と楕円の複眼が特徴で、バッタの仲間では最も大きい。でも、オスはメスの二回りも小型です。日本全国の平地の草原にいます。

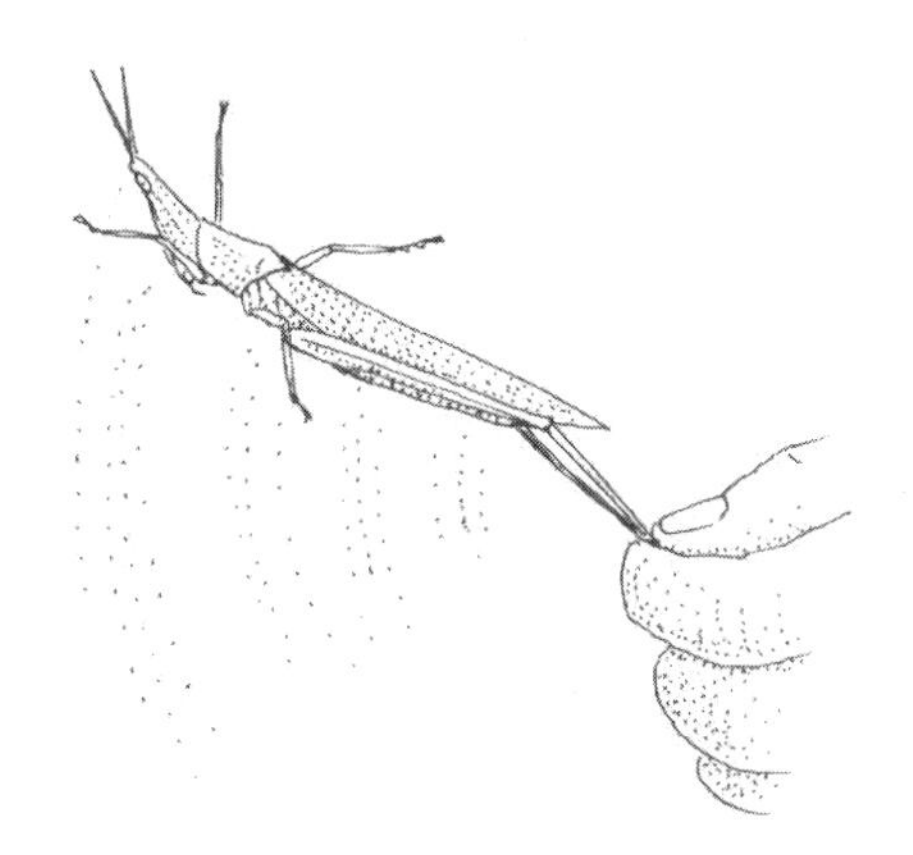

## 真夏の夜の夢のような（スズメガ）　（歌う昆虫記）

ジェット機くらい　無様な乗り物　ないんじゃないか
スズメガの飛ぶのを見てると　それがよく分かるのさ
空中でぴたりと　止まれるだけでも
神様の技でなくって　なんだというのだ

ジェット機の図面を　初めて描いたデザイナーは
スズメガに憧れる　昆虫少年
であったという保障は　どこにもないけれど
スズメガがジェット機に　似ているのではなくて
ジェット機がスズメガに　似ているという事実は
かなり・とても・なかなか・非常に
重要なのではないでしょうか

真夏の夜の夢のような
白いレースのカラスウリの花へ

巻き上げ式ストローをさし入れ　蜜を吸う
空中静止の軽業飛行
ホヴァリング　ホヴァリング　ヤッホー　ヤッホー
色々なスズメガ　おしゃれなスズメガ
スズメガ　スズメガ

（注）ジェット機のようなスタイルで、夜間飛行が得意な蛾です。蛾は六〇〇〇～八〇〇〇種が日本にいて、大きなグループを作っています。でも、スズメガの仲間は種類数も限られています。コスズメ、ビロードスズメ、モモスズメなど、名前は実にチャーミングです。

## 柿赤くなーれ（ツクツクボウシ）　（歌う昆虫記）

ジュクジュクジュクジュク　ジュクジュクジュクジュク
ジュクジュクヨーシ　ジュクジュクヨーシ
ジュクジュクヨーシ　ジュクジュクヨーシ
柿赤くなーれ　柿赤くなーれ

カラカラカラカラ　カラカラカラカラ
カライモフトナレ　カライモフトナレ
カライモフトナレ　カライモフトナレ
サツマイモよ太れ　サツマイモよ太れ
カラカラカラ　ジー
ツクツクツクツク　ツクツクツクツク
ツクシコイシー　ツクシコイシー
ツクシコイシー　ツクシコイシー
ふるさと九州なつかしい　ふるさと九州なつかしい
ツクツクツク　ジー

（注）夏の始めはニイニイゼミ、夏の終わりはツクツクボウシ。リズミカルで独特の旋律で鳴くツクツクボウシは、世界に一五〇〇種以上いるセミの中でも名歌手です。鳴き声には「筑紫恋し　筑紫恋し」「つくづく惜しい」など、民話や伝説も登場しています。

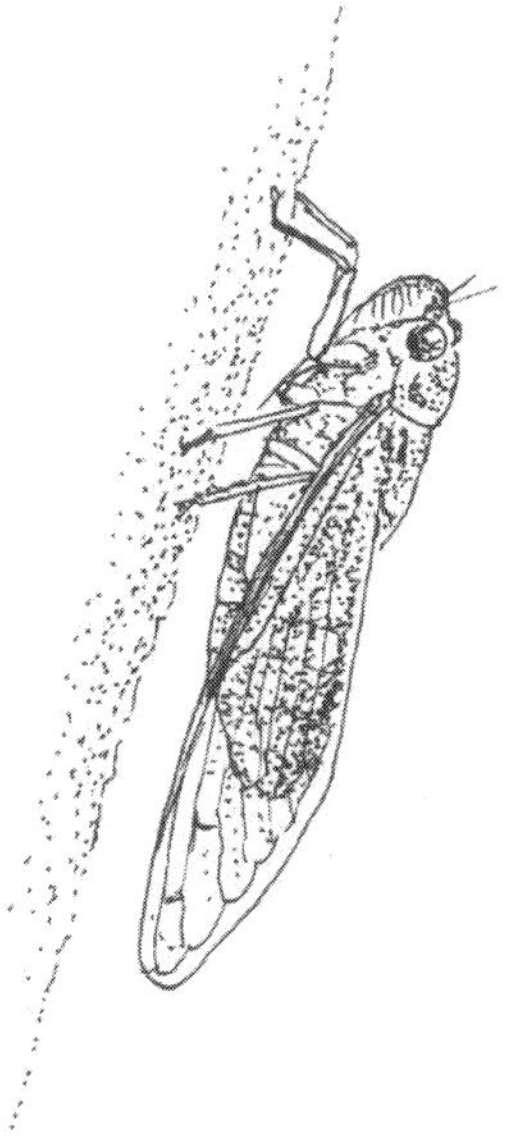

## ツバメシジミ　（二〇〇一・五・一四）

農道に燕が一羽
内蔵を陽に晒し　轢かれていた
喉元に無念の雄叫びが
煉瓦色のにこ毛を乱し
土食って豆食って渋ーい
と残響する日中頃

帰れば庭につぶつぶした
いと小さき蝶がいて
カラスノエンドウに卵を産んでた

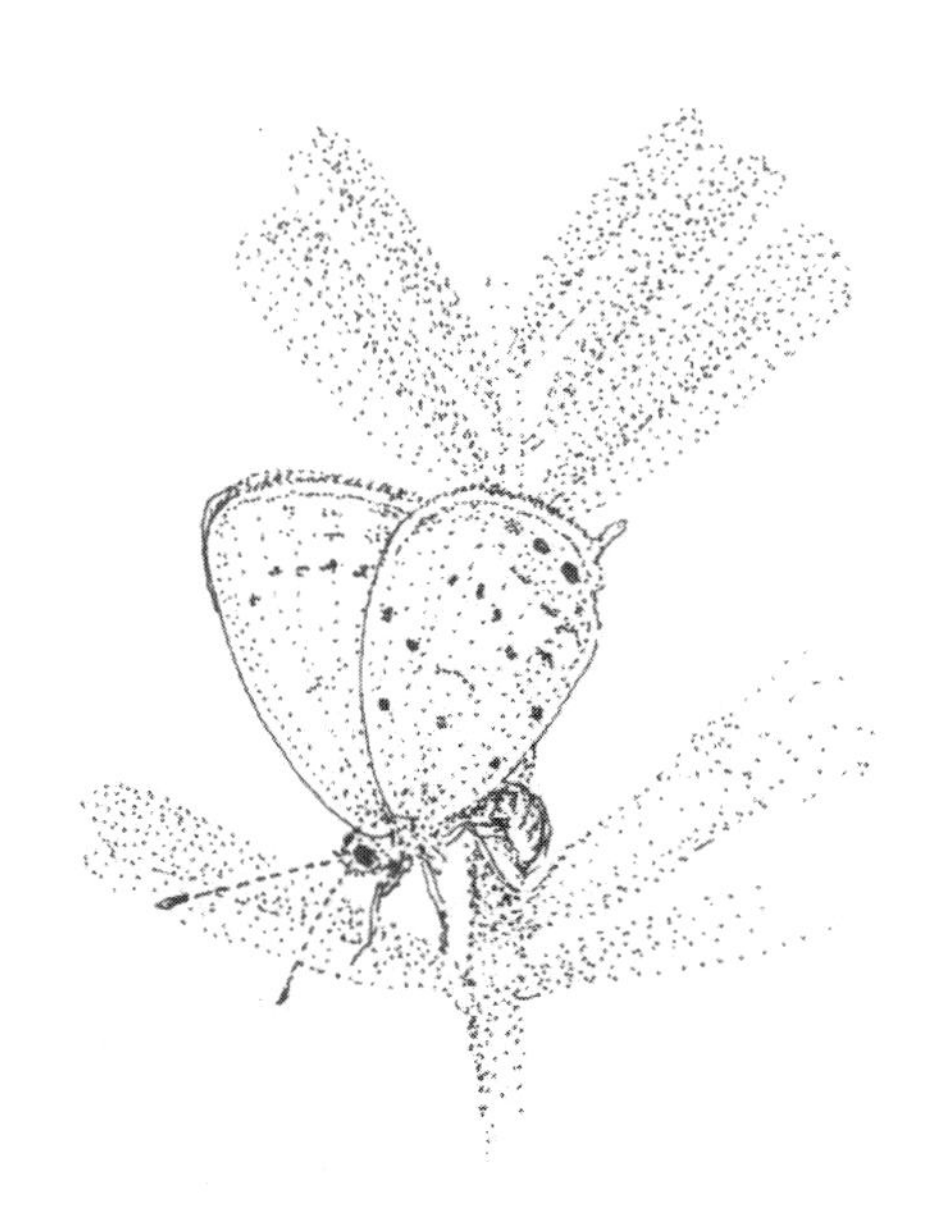

## トリノフンダマシ

この草は　セイタカアワダチソウ
ひと茎に　私の仲間が　三種類も　いましてね
そりゃあ　住みよいところですもの
多摩丘陵の　町田市の　野津田の　原っぱは
あらいやだ　失礼　自己紹介　しますわね
人呼んで　トリフン　真正クモ目
近ごろ　都会じゃ　見られませんわ
つまりね　わたしたち　いるところ　自然が　ゆたか
物質と　便利さが　人の目を　曇らせて
本当の　住みやすさ　分からなく　なってません？
そんな時　私たち　いるところ　みつけたら
お利口な　人間なら　この自然を　いつまでもと
守らずに　いられない　はずなのに　ハズナノニ…
サンポ君て　民間の　風来坊が　クモ学会に
自然守る　運動を　持ち込んで　やってるわよ

自己紹介　途中で　脱線して　ごめんあそばせ
夕暮れ　私は　水平に　ゆるい網
同心円の　横糸　かけて　張るのです
赤ちゃんの　揺りかごを　番してる　私を
子ども達が　言ったわ　宝石より　きれいと

## ナナフシ　（二〇〇四・二・二〇）

ほっきり　ほっきり　細くて長い
ぽっきり　ぽっきり　今にも折れそう
ぼくを枝だと思うかい？
残念賞　残念賞
となりにいるのが木の枝くんさ

ほっきり　ほっきり　細くて長い
むっすり　むっすり　動くの嫌い
ぼくを虫だと思うかい？
ご名答　ご名答
となりにいるのが木の枝くんさ

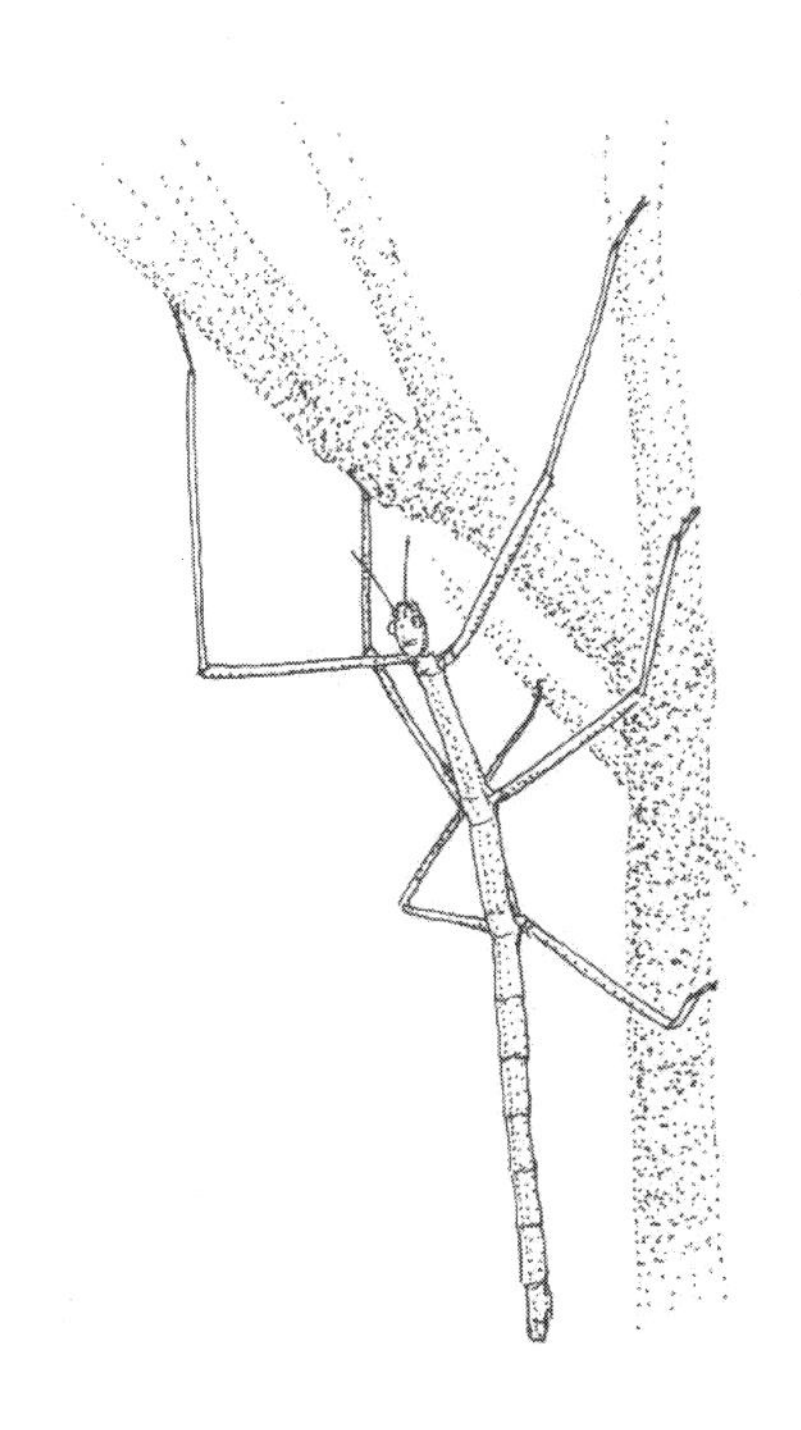

## ナラリンゴタマバチ

丸くふくれたものを　こぶという
かのドイツの言葉では　頭をコプフという
コッペはふくれたパンである
コブは筑紫の方言にて　愛すべき虫　クモである
イギリスで　クモの巣は　コブウェッブ
フランドル方言なら　クモはコッペ
屋久島の漁師のおじさんは
クモをコビコビって　呼んでいたっけ

そうして　これぞこれ　雑木林のバレーボール
オコンギツネとオメメリスの男女混合
焼きたてのコッペをかけて　決戦だ
栄冠の所在は　もももちろん　敗者にあり
そのたたかい　しばらく待った　審判タイム

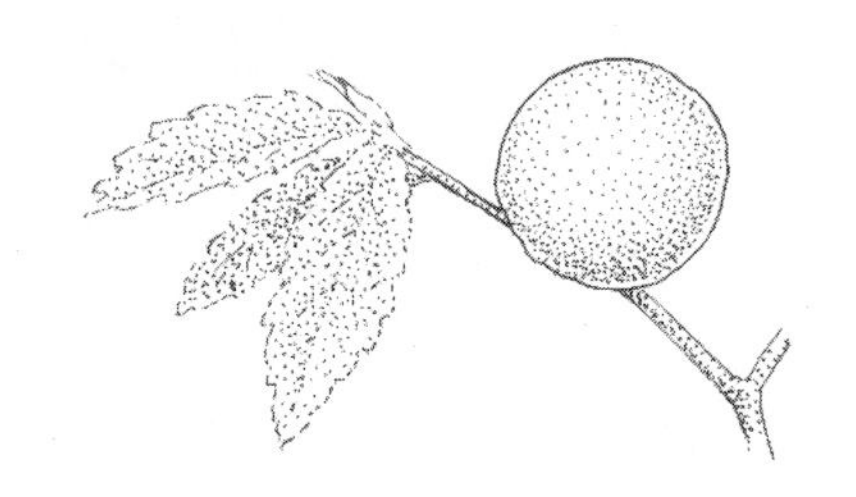

小楢の枝先なる　ふくふくボールは
蜂の子パン　巣立ちまでの家
若枝に　お母さん蜂が産み付けた卵
卵と一緒に　神様のミルク
傷ついた小枝を　刺激し　励まし
むくむくと　さわさわと　太らせた　虫こぶ……

# 蝿

虹色の翼のハエが　テーブルクロスにちょいととまり
手のような脚でお顔を拭いて　一日の計画を立てているよ
「ふふふ　今日はなにして遊ぼうか」
あんまりまったく運悪く　そこは解剖学者のお家
本日の博士のご予定は　ハエの脳神経節のご研究
「おお　見事なハエよ　しめしめコップでつかまえよう」
魔の手がテーブルクロスにせまるわ

近ごろはハエも進化して　「そうだ！　博士をじらして遊ぼ」
なんて言い出す二十一世紀
あちらと思えばまたこちら　コップじゃハエはつかまらないわよ
博士はとうといや気がさして
予定を変更　あはは　昼寝を始めちゃったの　ああおかしい
虹色の翼のハエは有頂天　博士の鼻の油をなめて
出しっぱなしの天ぷらもぺろり　食後のデザート　プリンもぺろり

だからハエはやめられないのね　ぶーんぶぶぶん　らんらんらんららら

## 葉切り蟻　（二〇〇三・一二・二七）

葉を切って　地面の下へ運びこみ
それでキノコを栽培している
熱帯の蟻　葉切り蟻

トンネルくぐって　巣の中へ
行ってみようよ　入ってみよう
入り口は細いよ　小さいよ
普通の人間のままでは　もちろん入れはしないよ
それじゃ　どうする　どうする　どうする　どうする

そうさ　小人になるんだよ　妖精になるんだよ　それにかぎるよ　簡単だよ
小人になって訪ねてみたらね
そりゃ大きいよ　まるでビルだよ
キノコのお部屋は　百もあるよ
切ってきた葉は　特別室から

栽培室へと　持って行かれる
通風装置が　ちゃんとそなわり
室温はいつも　一定なのさ　ぼくの家より　快適だよ
赤ちゃんは　キノコを食べて　繭の中で　サナギになって
それから　蟻になるんだよ　大勢いるよ　すごいよ　壮観だよ

ある日　ブラジルの高速道路が
陥没事故を　起こしたわけは
古い　巨大な　ハキリアリの巣が
ぺしゃりと　つぶれたからだというよ
ほんとかね
ほんとだよ
ほんとかね
ほんとだってば！
ほんとかね
ハキリアリにきいてみな！

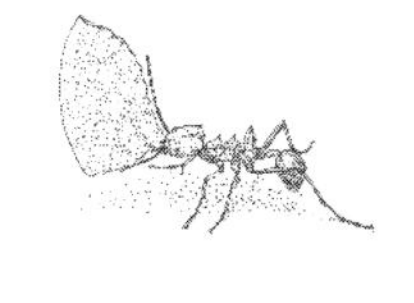

## はなばちの歌　（一九九八・二・六）　（作詞・作曲）

水に映ったお日様の笑顔がきれいね
私は花の蜜を吸う
花粉を集めてブンブンブンブンブンブンブン
赤ちゃん育てるブンブンブンブンブンブンブン

（注）目覚めたら口ずさんでいた。後に文文舎舎歌となる

## 文文舎舎歌

Vivace はなばちのうた
mf
みずにうつったおひさまの えがおがきれいね
f
mp
わたしははなのみつをすう かふんをあつめて
mp
f
ブンブンブンブンブンブンブン あかちゃんそだてる
p
1998・2・6
目ざめたら
くちずさんでいた

## ハラビロトンボ

やまとの　民の　夜明け
漁（すなど）り人　いと　はればれ　海原に　雄叫ぶ
飛ぶ棒　西空　ゆき　白雲　東に流ると

草露のセロハンに　時計屋の精緻（せいち）さで
刻み入れた　鉄線描きの　ネットワーク
四枚の　透明な　浮力　揚力の　合成機構
風切れば　見えない　魔法
萱（かや）の葉に　いこえば　幾何学

三浦の　小網代の　そのかみの　磯の子ら
オニヤンマを　キセロと呼び
ギンヤンマを　シマチョといい
アカトンボを　オショロとはやし
イトトンボを　ハリガネとたとえ

干潟なる　葦原に　群れいる　中型の
あれこれの　飛ぶ棒を　タダトンボと　親しみ
小網代の　三浦の　潮の香の　夏に
麗しき　タダトンボのうから　ハラビロトンボよ

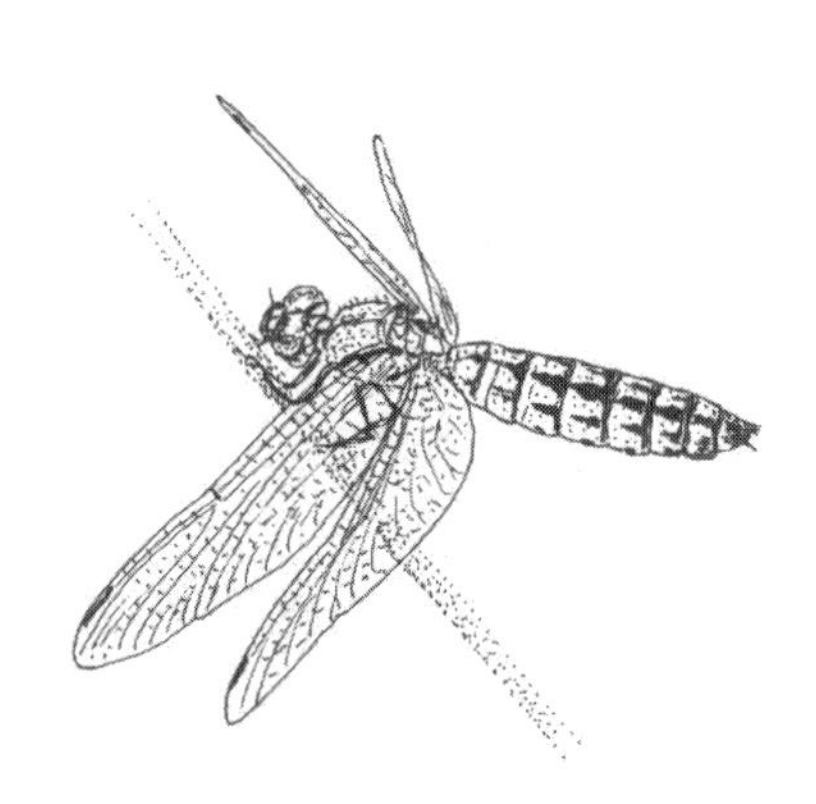

## ハンミョウ　（二〇〇三・一二・二七）

「こんにちは　ミチオシエ　道案内してくれないか」
「いやだよ　道は教えない　ぼくは気ままに飛ぶだけさ」
「あれあれ　そんなに早く着地する　さては遠くまで　飛べないんだね　ミチオシエ」
「大きなお世話さ　ぼくは地球が好きなんだ　昆虫学者は　ハンミョウというよ」
「きみって宝石のようにきれい　ときに趣味は何なんだい」
「ナンナンダイとは難題だ　昆虫が趣味を持つというのか　アホウ」
「といいながら　きみは山道を案内してくれている　ありがとう　ミチオシエ」
「名前はきみらの世界の約束　ぼくらは名もなく生きているのさ」
「それじゃ名無しのゴンベエ君　きみはきれいだ　宝石のように」
「石の光は死の光　ぼくの輝きは命の輝きさ　幼虫時代はこうじゃなかったけれど」
「ああ　私はニラの葉で　土の穴に住む　きみらの子どもを釣ったっけ」
「いい遊びだよ　ぼくらの子をあやしてくれて　お礼を言うよ」
「時にきみ　お腹がすかないか　パンとチョコレートがあるのだが」
「ぼくの顎をよく見たまえ　ぼくらは生きた虫を狩る　幼い頃からそうだったのだ」
「おみそれしたね　大地の狩人　タイガー・ビートルくん」

「ふふ　英語ときたね　ぶらぶらしているようでも　こうして獲物を探しているんだ　楽ではないよ　ヒューマン・ビーイングくん」

「何だか妙な会話になったね　この辺でお別れしよう　さようなら」

「虫の言葉を話す　変な人間くん　さようなら」

# ハンミョウ

つーいと　大地をすべって　飛んで
ひねもす　思索しています
「背中の模様が　見えないでしょう」
「おや　あなただって　人間さん
綾なす　日々の　暮らしの　後ろ
ぽっかり　暗黒星雲じゃなくて？」
トモカク　飛びます　つかまりません
虫に　遊びが　あっては　ならぬと
滑空する　わたしに　意味を　捜して
エソロジスト（行動学者）と　自ら名乗る
偉くて　立派な　切れ者の　皆さん
おおぜい　来ますよ　花の旗日に
子どもの　ころなら　穴で　すごして
通る　虫さん　食べても　いたけど
こうして　つーい　と　大地を　滑って

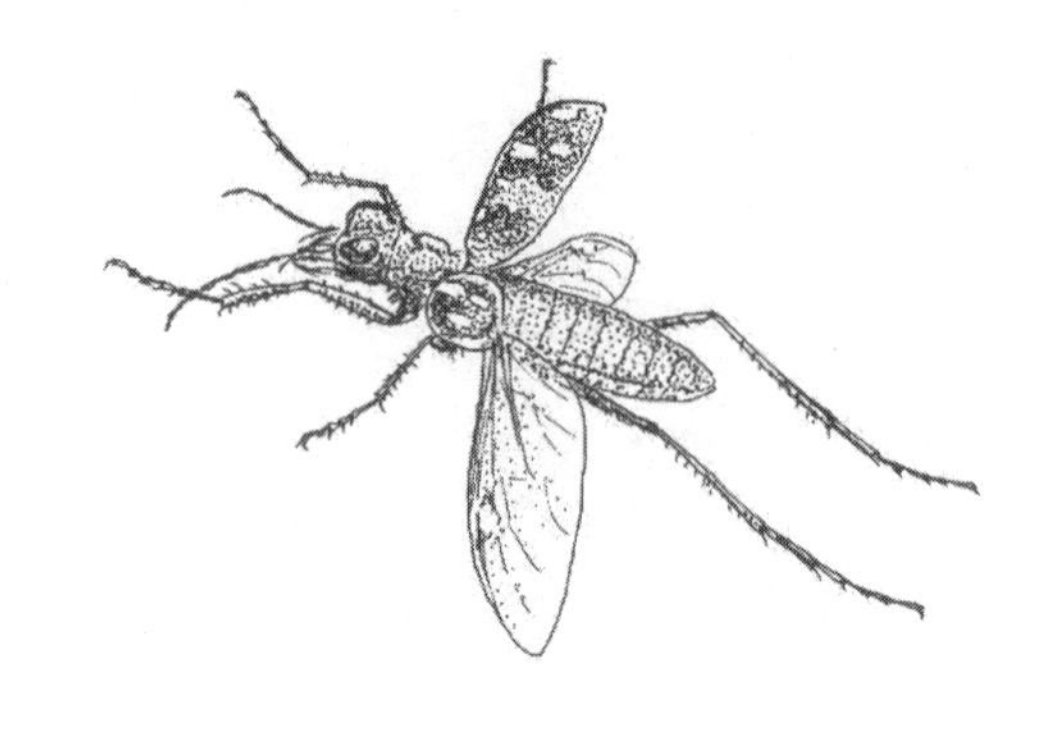

転ばぬ　お先に　もいちど　飛んで
哲学　思索　熟考の　合間に
狩りをして　生きてる　今こそ　最高
斑猫（はんみょう）　と呼ぶのは　あなたたちの　御勝手！

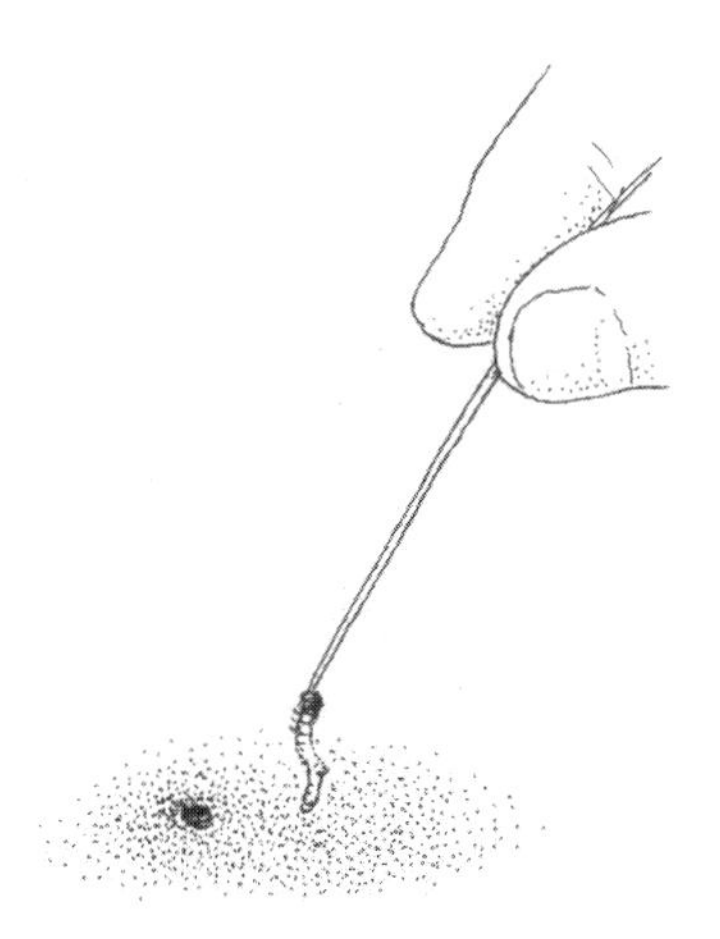

## ヒメアカタテハ

むかし　見たことがある
百万匹の　この蝶が　海を渡り
竜巻をよびさます　意志のうねりを

むかし　見たことがある
そのうち二匹が　青空を泳ぎ
翼のダンスでささやきかわす
クレヨン画の恋を

あれからはるばる　ずいぶん来たが
ヒメアカタテハよ
おまえに会うのは　幾世紀ぶりか
いま　おまえはキツネノゴマの食卓にいて
花から花へ　よちよち歩き
気宇壮大な幾何学から

ふるえる弦の美学へと
夢の位相を描き変える

## 冬尺蛾（ふゆしゃくが）

（二〇〇六・一二・一五）（作詞・作曲）

初冬の木漏れ陽に
ハ行変格活用の
いともかそけき踊りをおどる
空の模様師よ
櫟（くぬぎ）林に敷きつめられた
無数の落ち葉が照り返す
駱駝（らくだ）色をした光の粒となって
ほりはれはらはら
ふるひろひらひら
虹を呼ぶ

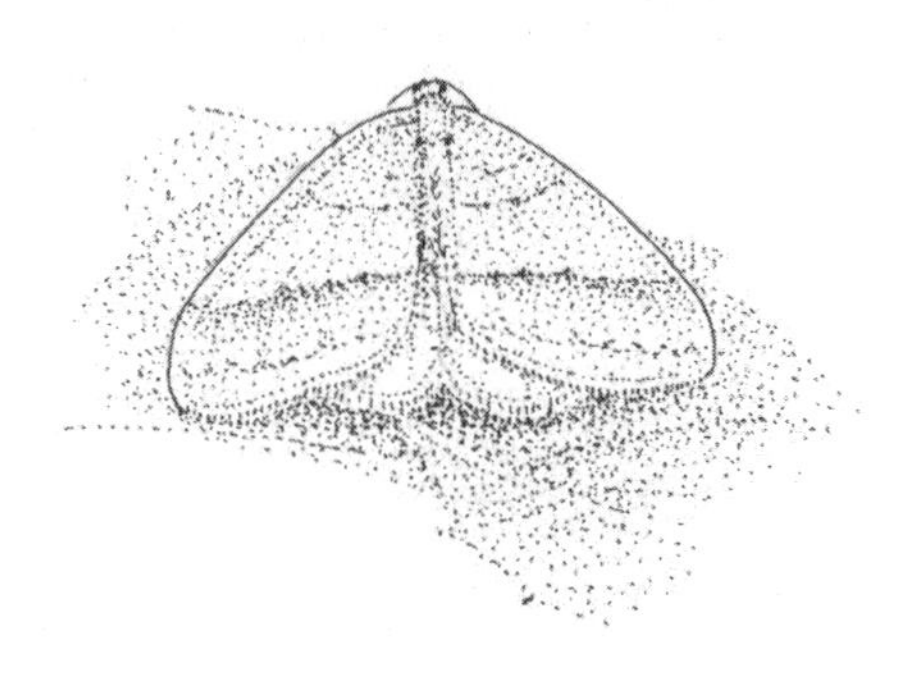

作詞作曲：さいとうしんいちろう
15 Dec. 2006
はつふゆの こもれびに はぎょうへんそく かつようの
そらの もようしよ
くぬぎばやしに しきつめられた むすうの
ひかりの
ひらひら にじをよぶ

## ホソヒラタアブ

ホヴァリング（空中静止）を　楽しんだ　あとは
春紫苑（はるじょおん）の　食卓に　座るに　かぎる
億万年の　時の　ながれの　細工師が
彫琢（ちょうたく）して　うしろ翅に　蒐めた　平衡感覚

アブは　二枚の　翼をもち
なにより　一対の
極微型　三半規管を具えると
人間どもは　記述したがるが
それなら　どうして　ぼくらから
飛行物体の　落ちない　わざを　学ばないか
とても　ふしぎな　気がしてしまう

擦弦楽器の　協和音のピアニッシモの　木魂の
夢の　はざまの　オゾンの　ゆらめきの

近くの　遠くの　野の　ラプソディ
細谷さんと　平田さんと　アブさんの　トリオ
きいたかい　きこえるね　きかせて　ききたいな
と　四段に　活用する　道ばたの　ひめごと

## マツモムシ　（二〇〇四・二・一九）

キラキラキラキラ　キラキラキラキラ
さざ波　さざ波　おひさま　おひさま

すいすいすいすい　すいすいすいすい
水かき分けて行くマツモムシ

背中を底に　お腹を天に　向けて泳ぐよ
もぐるよ　浮くよ
表面張力　足場に見立て
背泳ぎのままくつろぐ虫は
からだに空気を銀色にまぶし
も一度泳ぐよ　もぐるよ　浮くよ

キラキラキラキラ　キラキラキラキラ
さざ波　さざ波　おひさま　おひさま

すいすいすいすい　すいすいすいすい
水かき分けて行くマツモムシ

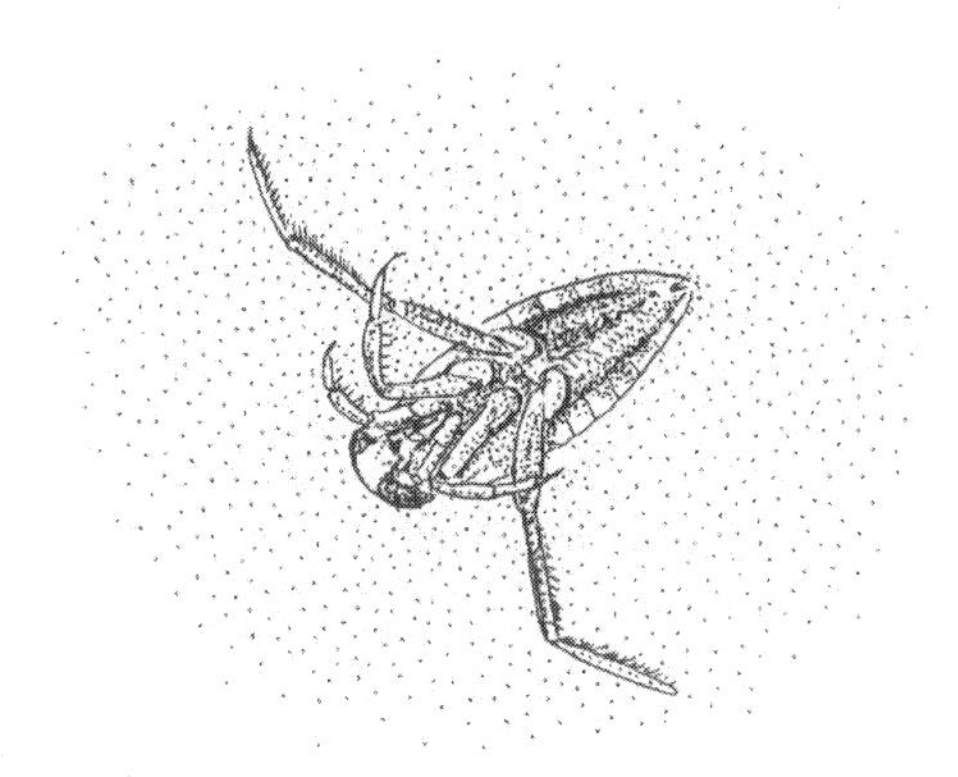

## ミズスマシ　（二〇〇四・二・二〇）

小川のせきのよどみにね
メーマワリゴンゴがいたんだよ
（え、それってなになに。へーんな名前）
ピカピカ光った黒い虫だよ
水に浮かんで　くるくる　くるくる
くるくる　くるくる　くるくる　くるくる
見ていたぼくは　くらくら　くらくら
でもね　でもな　でもよ　でもさ
水面すれすれ　上下が見える
魔法の目玉で　きょろきょろ　きょろきょろ
底見て　きょろきょろ　空見て　きょろきょろ
メーマワリゴンゴは目をまわさない

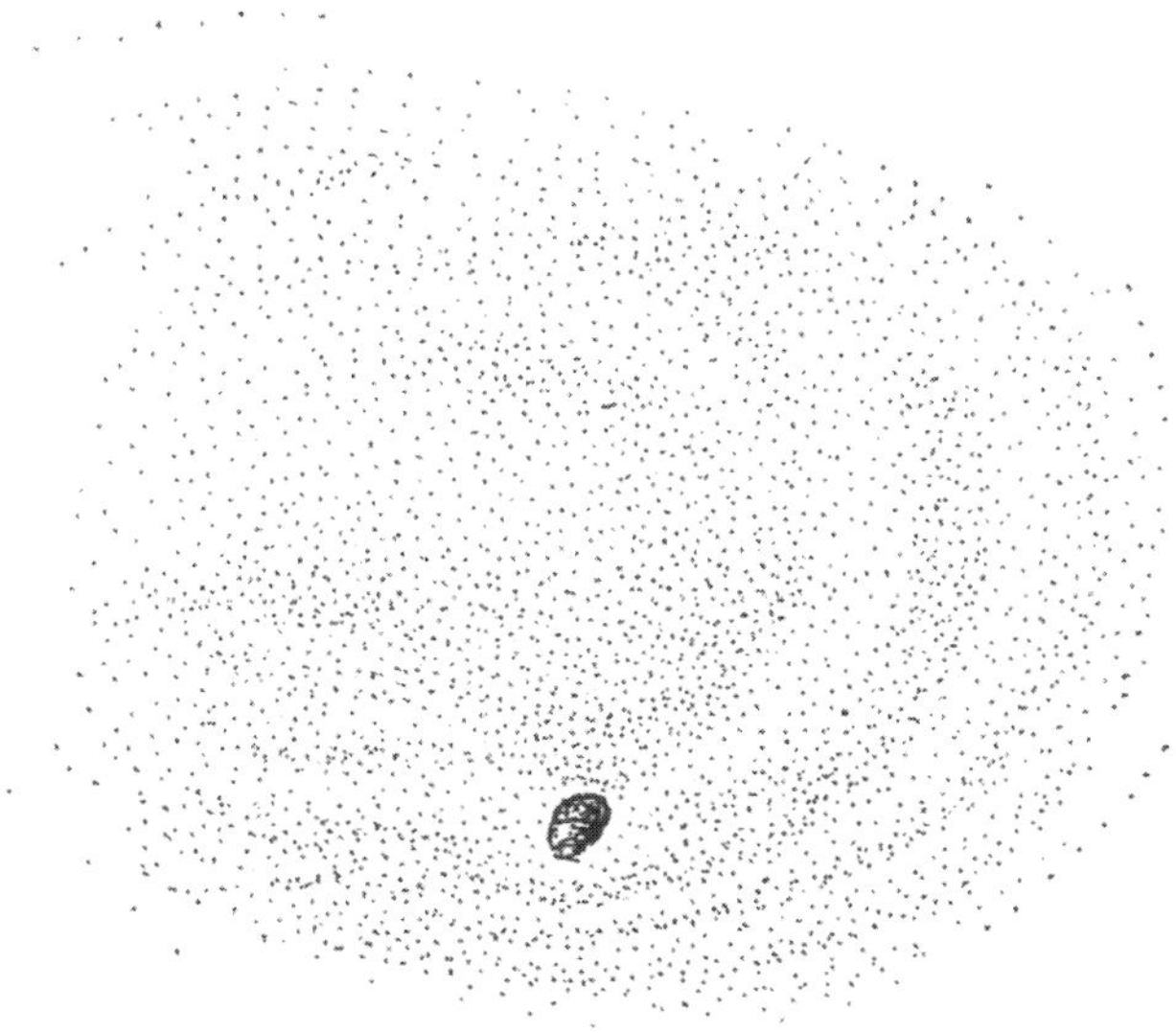

## 青葉の精よ（ムカシヤンマ）　（歌う昆虫記）

ドジなトンボがおってなァ
立派なヤンマのなりをして
地べたに平気で止まるんや
処置なしや　車に轢（ひ）かれるで

近頃は谷間も舗装道路
えろう住みづらくなったわ
カタクリの花も消えてしもうた
なのによう生きておったな
ドジなトンボよ　ムカシヤンマよ

恐竜の時代　シダの林で
ぶら下がる技さえ　わきまえずに
やっぱり地べたに　羽根を休めていたんか
ご先祖のトンボと瓜二つや

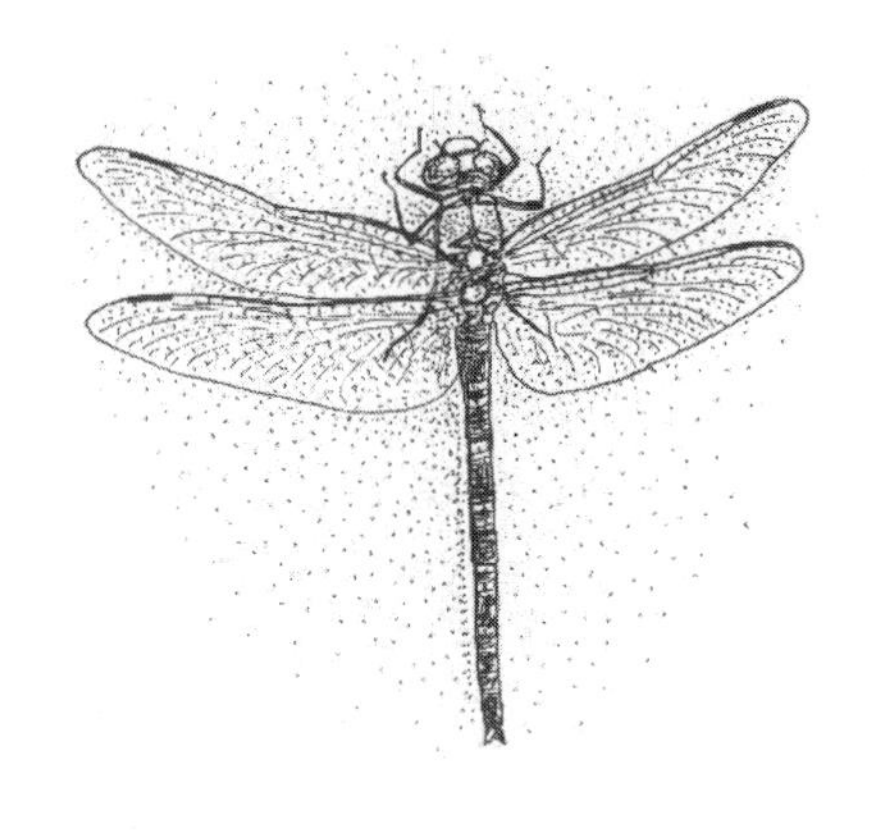

翼を縁取る長い紋様
複眼と複眼が離れているのも原始的
おまけに幼虫は湿った土の穴の中
生きている化石　のんきな筈や

そのまま　そのまま　いつまでも不器用に
そのまま　そのまま　滅びずにいておくれ
急ぐことを知らない　争うことを知らない
ドジでドジでドジで健気な
ムカシヤンマよ　青葉の精よ

（注）イトトンボの仲間は前と後の翅形がほぼ同じで、複眼が左右に離れ、体は細長い。シオカラトンボやギンヤンマの仲間は前より後翅の幅が広く、腹部は太く、眼は左右が接近。この二つの仲間の中間的特徴を持つのが、生きた化石と言われるムカシトンボです。いっぽう、ムカシヤンマは、サナエトンボ科に近い体の特徴を備えた特異なトンボです。

# ムラサキシジミ

時は　無限に　連なって　いるだろうか
過去は　永劫だろうか　未来は　悠久ですか
自分にとって　記念碑的な　一瞬を
時の原点　0と置き
それ以前を　マイナスの　符号に
それ以後を　プラスの　符号に
表現することに　意味があろうか

ええ　十ぺん目にして　見たのです　初めて
ムラサキシジミ蝶の　魂の　安息の　輝きを
一途に　おひさまが　ほほえむ
それは　真冬の　ぬくい昼
(金の花粉は　きらら　銀の花粉は　ぶぶぶん)
「楢の　葉っぱを　食べている　少年時代
葉の　表を　おおう　毛の　ムチを

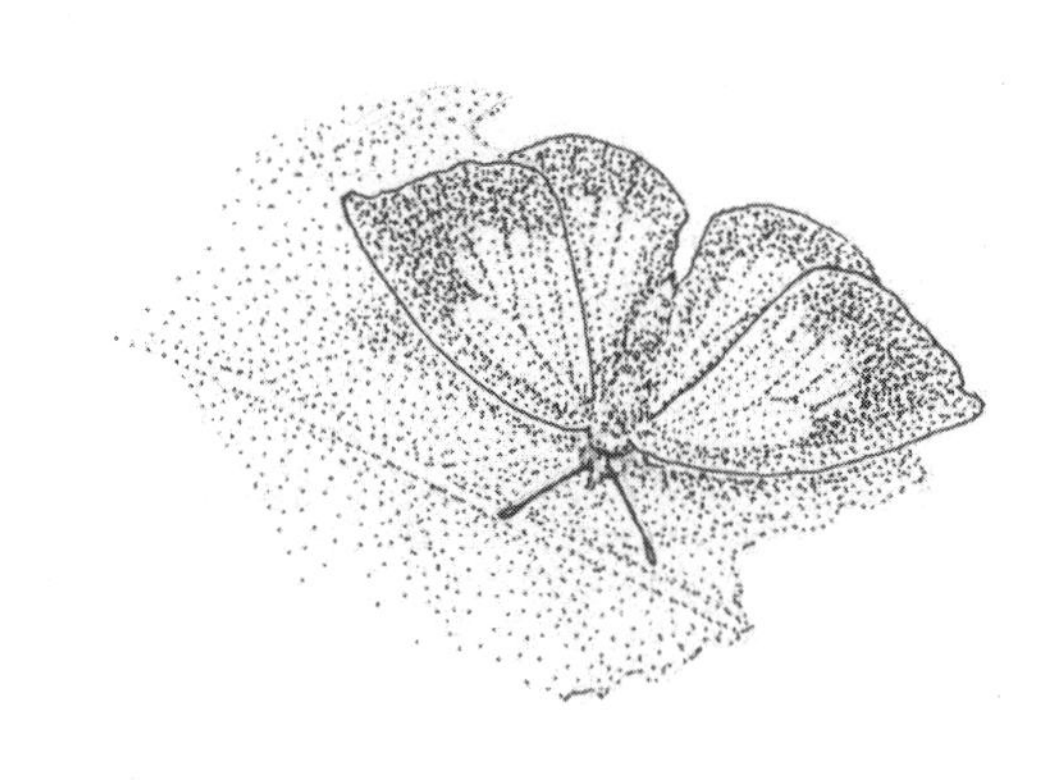

噛みとって　集めて　お茶目さんよ　この虫」

本能の　英知の　アネクドート（逸話）の
若くて　素敵な　発見者が
息弾ませ　語った　声の　つやが　今　よみがえる
（金の花粉は　きらら　銀の花粉は　ぶぶぶん）

## オーケストラの指揮者のように（モンキアゲハ）

（歌う昆虫記）

モンキアゲハの奥さん　すごい！
黒いドレスに　チーズの模様
オーケストラの　指揮者のように
はでにはばたき　蜜飲みに来る

モンキアゲハの旦那も　すごい！
羽織袴に　うす黄のご紋
甘い香りの　クサギの花穂
めがけて　いちずに　蜜飲みに来る

モンキアゲハの子どもも　すごい！
海辺の森の　ふしぎな樹木
カラスザンショウを　ばりばり食べて
今に見てろと　角立てて怒る

（注）五～六月と七～八月には関東以西の日本全土で、優雅な姿を見せます。まさに紋付き羽織袴姿のカップルです。メスとオスはよく似ていますが、オスは翅の外べりにかけて光沢があります。幼虫はカラスザンショウやミカン類の葉を食べてサナギで越冬します。

## ヤマカマス　（二〇〇四・二・一八）

みどりのみどりのヤマカマス
木枯らし吹けばカラカラリ
楢のこずえでゆらゆらり
なんときれいなまゆだろう

みどりのみどりのヤマカマス
寒さに目覚めたマユの主
宇宙船から脱出だ
ぶるぶる羽をふるわせて

らくだ色したウスタビガ
大きな大きな四枚の
羽に目玉が透きとおる
クシのおひげもみごとだね

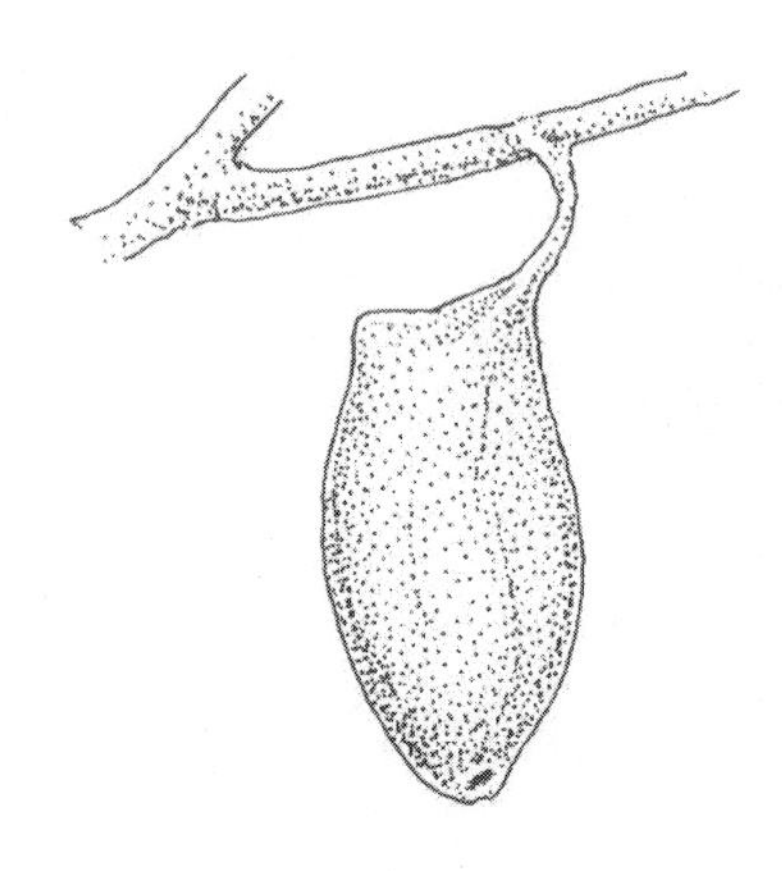

生まれたばかりのメスの蛾が
日なたぼっこをしていたら

あっちこっちの林から
元気なオスが飛んでくる
お嬢さん、きれいだね
ぼくと結婚してくれないか
イヤぼくが先だよ
うんにゃオイラが先だってば
わらわらばたばた　ばたばたわらわら
おやまあ、ファーブル先生の実験どおり

みどりのみどりのヤマカマス
子どもの背中にちょいとかざり
お守りにしたヤマビコは
羽に目玉のウスタビガ
出てったあとの宇宙基地

## ヤマシロオニグモ

わたしたちは　ひとりのこらず　天才である
とても　ちっぽけな　子どものころから
そよ風の　うるうるした　粒子に
ほっぺたを　なぶられて　いたころから

それで　天才は　外出する
らくだ色の　絹の　卵の袋から
ある朝　おそろいで　お散歩に
わいわいわいわいわいわいわい
まどいしながら　しごく陽気な　少女らのように

そのうちに　気がつくと　（ええっ　うっそー）
天才で　あるための　宿命が　作用して
孤独になるんであーる

天才は　お腹の中で　はあ　さよか　といい
銀の　しずくの　機織りに　なりすます
ほくほくほくほくほくほくほく
風を　つむいで　宇宙を　作図する

## ヤマトシジミ

ひらひら　ふふふ
羽ばたきが　ぼくらの歌なんだ

あんまりどこにもいるものだから
四枚羽の宇宙船と
だぁれも決して気がつかない

ヒメジョオンの葉っぱに着地して
お日様の蜜を吸っている真昼

## ヤマトシミ　（二〇〇四・二・二二）

しぶい鱗の粉と散る
ちょこまか早い虫でした
着物のすきまがお気に召し
うつうつ眠る虫でした

母さんきゃっといいました
「何なの、何なの」といいました
昆虫博士の末っ子が
「まあ落ち着きな」といいました
ルーぺでのぞいて見ましたら
脚が六本ありました
長い触角、尾が三つ
羽はかけらも見あたらぬ

「変な虫ね」といいながら

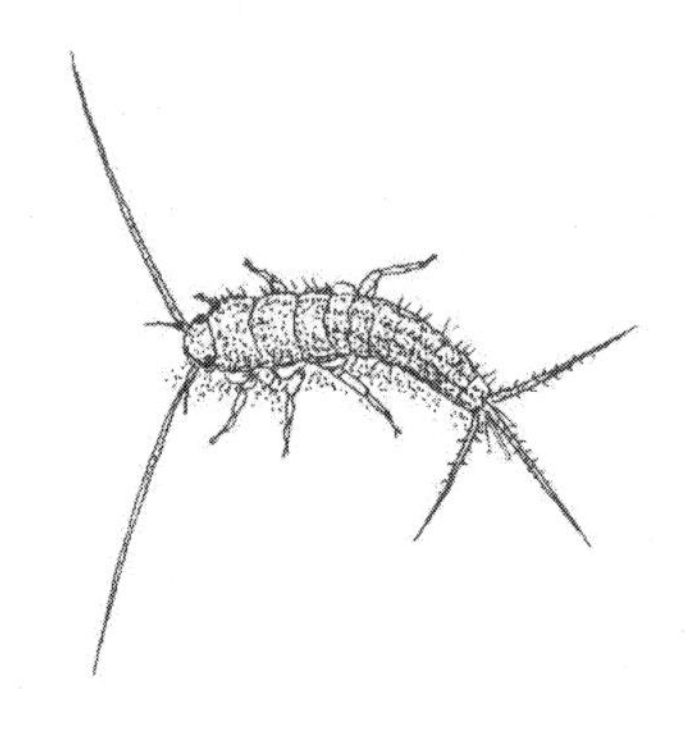

かあさん　じっと見てました
クテノレピスマ・ヴイローサ（Ctenolepisma villosa Escherich）と
学名で呼ぶ虫でした

## 蝶（ルーミスシジミ）　（二〇〇一・三・二一　津市西部の岩田川源流にて）

たった今　ぼくの目の前の枯れ草に
羽根を休めた小粒の蝶は
青紫の銀の光をきらりと放ち
まるでそこには　何もいなかったかのように
かき消えた

着地に先立つ　幾秒かの舞踏から
ぼくは異様に小さい蜆（しじみ）蝶群の一覧表を　心に描き
まさかと思って　立ちすくんだのだ

天然界の変異なるものの　許容範囲に
こんなにも小さな紫蜆蝶の存在が可能であるというなら
それはそれとして　ぼくにはすこぶる興味深いが
どうもやっぱり　小粒に過ぎて
おさまりがつかぬとならば

おお　ルーミスシジミよ！
おまえは人知れぬ変哲もない林のふちで
自らの虹を　かくも長閑（のどか）に　享受していたんか？

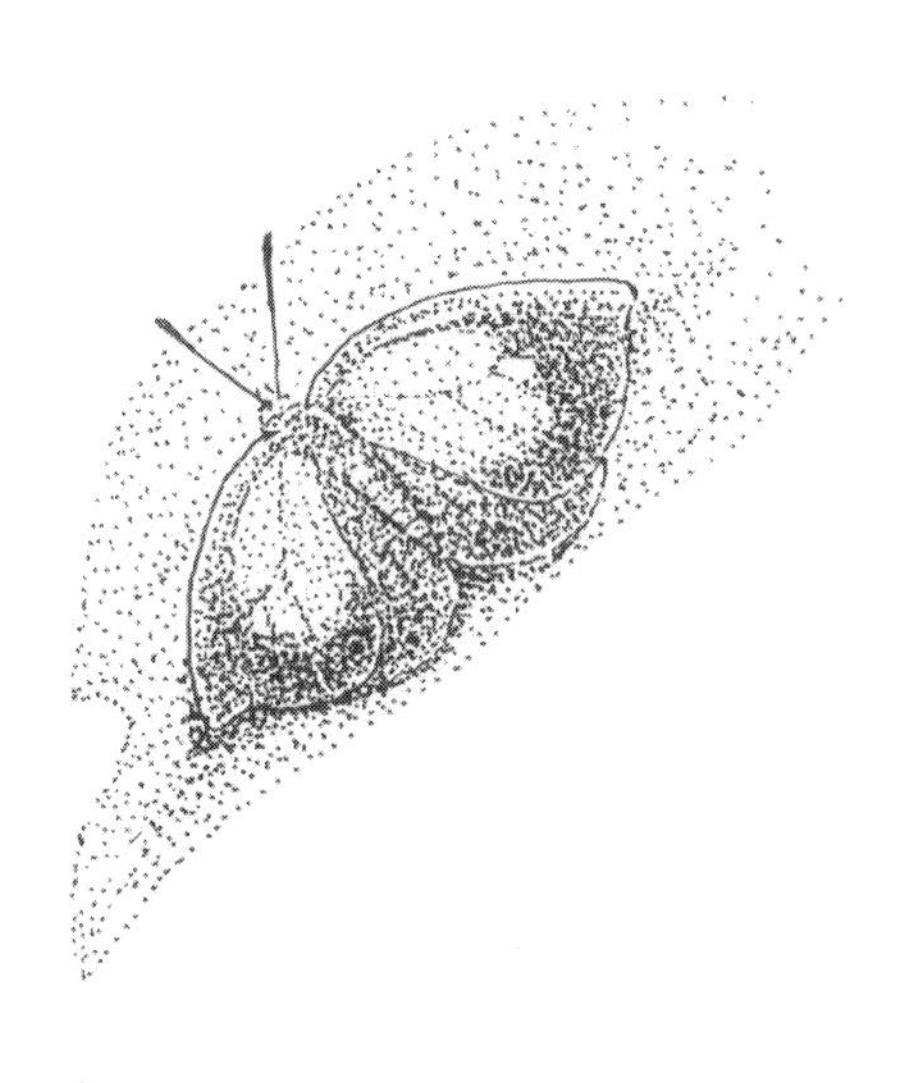

# 第二章　〈植物の部〉

斎藤慎一郎写真　サクラソウ

## エゾアジサイ

海のようにあおく
空のようにひろく
蝦夷紫陽花の彫刻は
水無月宗匠（そうしょう）の機微を映して
虫たちの食卓をさざ波立てる

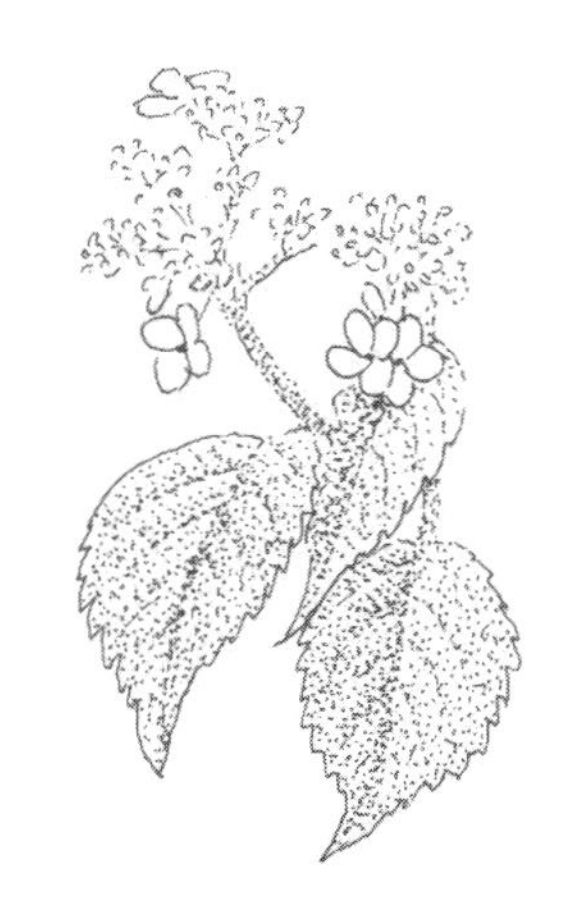

## オオバノトンボソウ　（二〇〇二・七・九）

みどり気高き翼もて
微塵（みじん）に群れし花ばなを
たてひとすじに支えるは
稜（りょう）あり、孤高のあおき茎
ぴちぴち大葉之蜻蛉草

（注）稜とは角のこと。茎が角張っている。

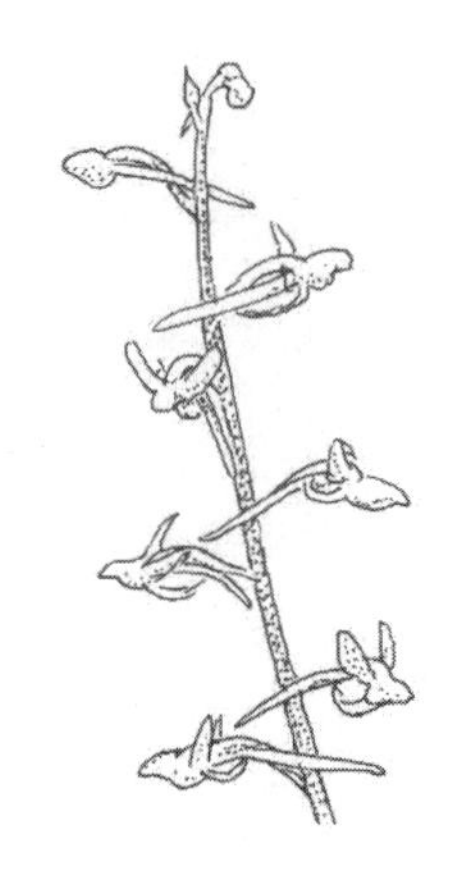

## オサムシタケ

しめった　黒い　土の　おもてに
天上の　華より　にぎやかな
絵画的笑いが　さざめいた
ごちゃごちゃ星
とあだ名される　昴（すばる）の　影
好奇に　かられた　子どもなら
だれだって　ありあわせの　板きれで
掘ってみたくも　なるものさ
星座は　ひとつの　枝であり
なべての　根源は
エメラルド細工の　甲虫に　発していた
地母神の　祈りにも似た
虫から　菌への　いのちの　受託
セミタケの　小人の　九柱戯と
好一対をなす　雑木林の　冬虫夏草

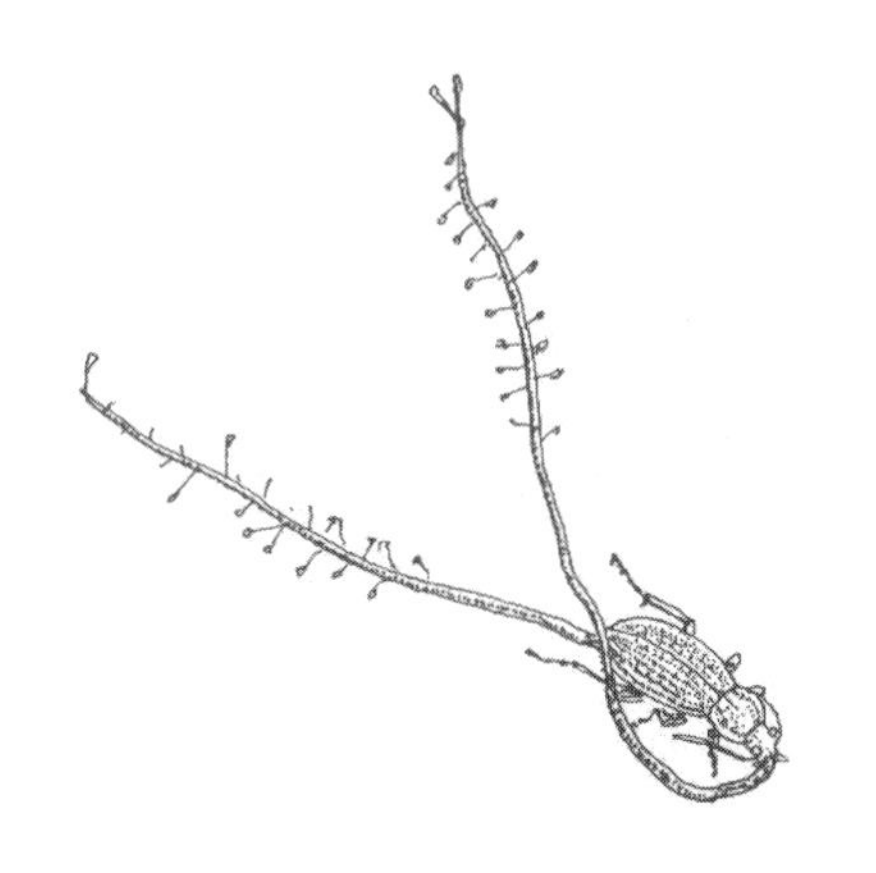

## かんあおい　（一九七四・一・一）

君は　遠くへ行くのが下手だ。
君は　渋い光の葉っぱで
赤銅（しゃくどう）の風鐸（ふうたく）に似た顔をかくす。
山かげの朽ち葉に埋まって
君は　背丈を持たぬ俳句翁。
百年もじっとしているというのに
万年の間には
君は　真鍮（しんちゅう）のように重い旅をした。
早旅をしぶる雑木林のジプシー。
とある暖かい冬の午後
虻たちの　かるてっとに誘われて
君のたたく小鼓の音色は
まぁるい波紋で　虚空（こくう）に散る。

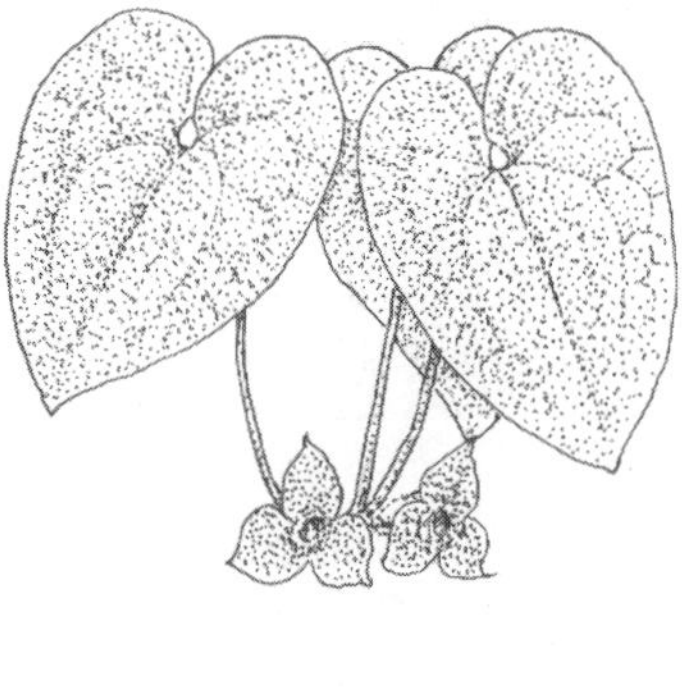

## コマツナギ

十五の夏のことだった
はじめて遠出の旅をした
植物学者のおばさまに
ふしぎな名前を教わった
馬もつなげる駒繋ぎ
日照りの道の豆の花

# 鹿ヶ谷南瓜　（二〇〇一・一・三〇）

鹿ヶ谷南瓜はいかにもシシガタニカボチャらしく
京の店先にてすましているのである。
アメリゴ・ヴエスプッチの名で呼ばれた
大陸の高原のふるさとの
紫外線のすきとおった輝きのくさむらに
ねころんで途方もなく長い午後を進化してきた
むくむくと太ってきたヤチボカニタガシシは
もはやあの冷たく暑い山なみの日々を
未練に惜しむことはあるまい。
鹿ヶ谷南瓜はいかにもシシガタニカボチャらしく
ほくほくとうまそうに京の縁台で満ち足りて
ころげてそのくせ威張っているのである。

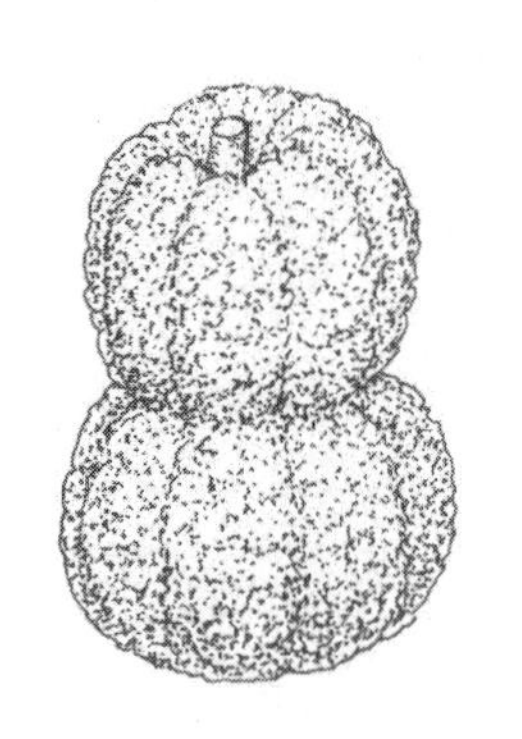

# ツクバネソウ　（二〇〇二・五・三一）

あおい十字架（クロス）の交われる
ただなかに若者打ち揃い
スクエアダンスを踊っている
天衣無縫の乙女がひとり
太陽の意匠に没頭する
ああ
五月はこのようにも
過ぎていくのか
すべては妖精の
宇宙のできごとで
僕は光の粒子さながら
虫になる

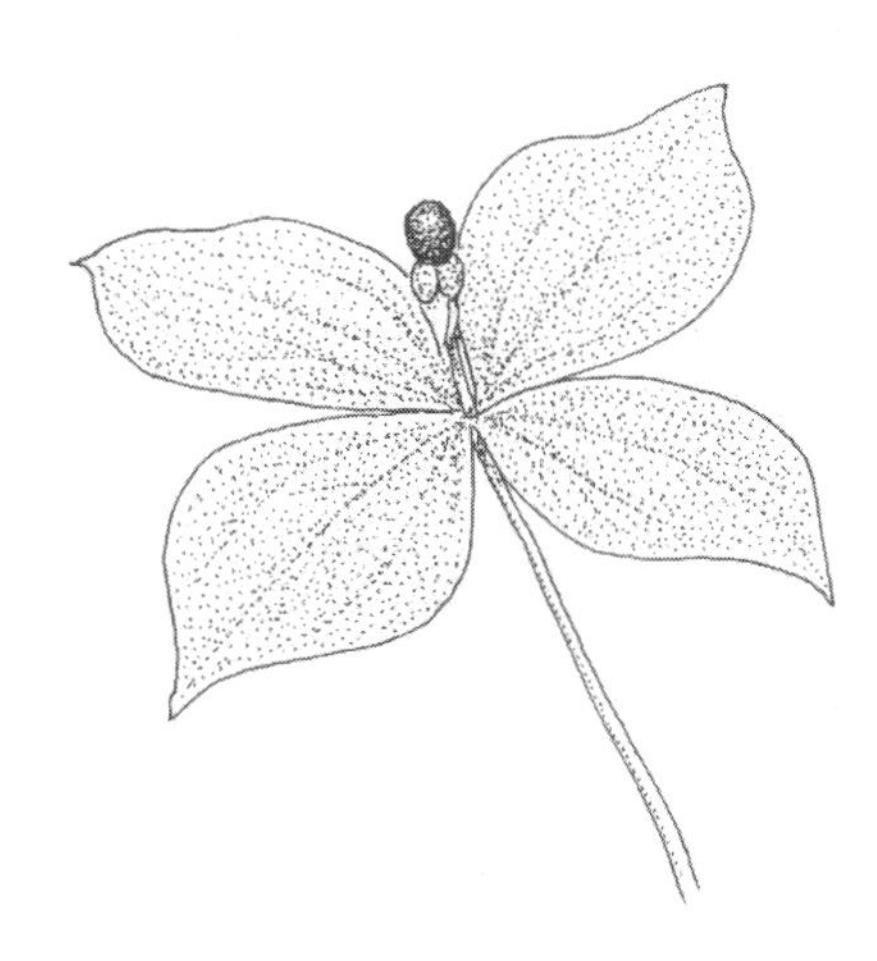

## ミツガシワのうた

ミツガシワ
白雪の花
氷河時代の面影よ
中池見にそよ風が
夢はぐぐむ季節

Menyanthes, snow-white flowers,
Beautiful remnant of the Glacial Age
In Nakaikemi, gentle breeze brings up
For ever wild life and our dreams.

# 第三章　〈生きること・考えること〉

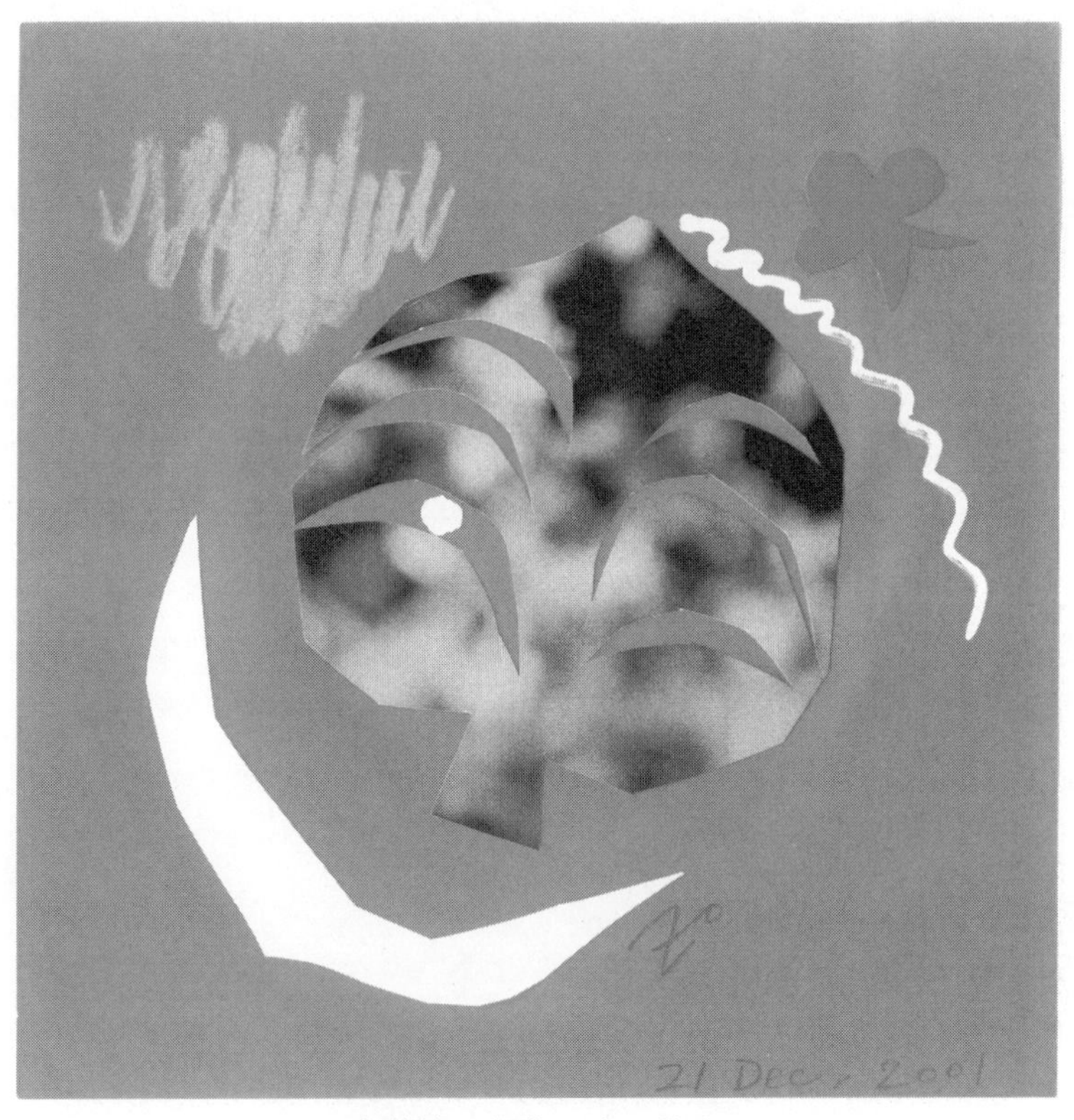


斎藤慎一郎作　森の仙人

## 子ぞうとすずかけ　（一九六九）

すずかけの木が　ありました　こがらし、ひゅうと　吹きました
すずかけの実が　ゆれました　かららん、むららん　ゆれました
子ぞうが一ぴき　歩いてきました　鼻でワルツをふってます
子ぞうは寒くないのです ちっともつらくないのです
なぜなら　子ぞうは　夢みているから　すずかけの実の　ゆれる下で
なぜなら　子ぞうは　あこがれているから　すずかけの実の　ひびく下で
すずかけの木が　ありました　こがらし、ひゅうと　吹きました

（注）著者が結婚するころの作。著者は大学のサークルでぞうさんと呼ばれていた。

## さが　（一九七三）

猫は顔を洗う。
犬はほえる。
人は意地悪をする。
知らず知らずのうちに。

## 未来への戒（いまし）め　（一九七三）

子どもの志が野放図に遠大であるとき
親は子どもを揶揄（やゆ）してはいけない。
子どもは無限を体感する能力を持ち
親はしばしばそれに欠ける。
瑞々しくあおい芽は
しかも傷つきやすいのだから。

## 少女像讃　（一九七三）

私の妻が描いた絵の　少女は静かに座っている。
私は風呂に水を張る。波の陽炎（かげろう）が水底に踊る。
ああ、心平らかな幾時を　私はずいぶん持たなかった。
職場では人の陰口を聞かされた。
街では煤煙が鼻をさした。
臭くてきらいな酒タバコが
八方囲んで私をせめた。
負けるものかと肩を張って
私は遮二無二（しゃにむに）本を読んだ。
だが三月の森の静謐（せいひつ）は　魂のまことの静けさは
長いこと　長いこと不在だった
私の妻が描いた絵の　とろとろと幼いひと筆に
ずっしりこもるいのちありて
不思議と私を落ち着かせる。
焦げ茶のビロウドのドレスを着て

少女はたおやかに座っている。
私はこの絵を　とても好きだ。

## それだけ？　（一九七三・七・一四）

ひっこぬく
ふみつぶす
お前のやることは
それで終わりか
区別しない
吟味しない
お前は黙々と
草をむしる
お前のやることは
ただそれだけか
どんな花が咲くかも
わきまえ知らずに

# 秋　（一九七八・一〇・四）

背中に緑の羽織を着て
シャボン玉の皮を平らに伸ばしたような
薄くふるえる翅をたたみ
セミが地面をのろのろ歩いている

その足音がもっそりと聞こえて来そうな真昼どき
旅人は悲しみを拒絶した空ろな複眼で
一体何を見ているのか
黒蟻の大食いな漁りやどもが
群れなしてまとわりつくのも知らぬげに

## モノアラ貝　（一九八三・三・四）

角ふりたてて無声の唄の
洗濯でもするのかモノアラ貝
口で巻き貝を嘗（な）めるのが唄
とはぼくもぎこちない
岸辺に咲くは種付け花
真白の白の蝶ネクタイ
貝の喉（のんど）に留めまする
のらりくらりは佳い擬音
貝の喉（のんど）にむせまする
正十一時に日はほてり
一華（いちげ）は雲母のアルマンド踊る
吾が青春の岸辺を飾るは
ひとり若草の襤褸（ぼろ）のみ

## 邂逅（かいこう）の賦（ふ）　（一九八三年のいつか）

なにといふ珊瑚か知らねど
白く冷たき輻射の円盤の
こぼち残せる網目の窪影に
むらさきのインクは
ぼけたガンバの弦の音と成りて滲み入る
琉球の安宿で語り明かせし
熱血の俳人と会い会ふほどに
ぼけたガンバの弦の音が
白き珊瑚の化石より
むらさきのインクと成りて
迸（ほとばし）る

（注）熱血の俳人とは今は亡き加藤次郎氏

## 平和　（一九八五・四・二）

いつまで待っても来ないから
こちらから探しに行くのだ
けれどどこにも見つからなくて
ようやく創るものと気づくのだ
だがどうやって創ろう
それは何十億の人々が
心ひとつに創ることの
難しさなのか
それは芸術よりも
すぐれた芸術で
壊そうとする力との戦いで
地上でもっとも意義のある
創造

## 水源地へ　（一九八五・四・一一）

野道を歩いていて
くたびれたらごろんと横になる
いつの間にか眠っている
夢の遠くで雲雀の声がする
目覚めたら
烏の豌豆（からすのえんどう）の羽布団に埋もれていた
四月の陽がきらきらとまぶしい
こんな真昼の陽炎の中でなら
のたれ死にも悪かぁないと思うのだ
いや、ぼくはいつの日にか
途方もなく清々しいのたれ死にをこそ
したいものだ

（注）水源地は著者宅の近くにあり、今は泉の森公園と呼ばれる。

# 山猫　（一九八五・一一・二一　大和市の自宅付近）

けさニセアカシアの林の奥で大和山猫を発見し
Felis bengalensis subsp. Argenteus subsp.nov.と命名した。
おれさまが一足毎にニコンＥＭで第一次接近を試みると
アルゲンテウスはにゃごにゃご笑い
写真機は安物に限るとうそぶきおった。
アルゲンテウスも面倒だから、アルちゃんと親しく呼称することにした。
ふともう一度彼女に目をやると、何という奇跡！
たった今まで銀色に光っていたアルちゃんが
おお、卒然として体色変化の妙技をふるい
むくむくした橙色の虎猫に
変化（へんげ）していたのでありまする。
それでこち虎、つまり我が輩は
彼女を虎ちゃんと呼びなおすことにし
学名の方はつけてしまった以上、修正もままならず
「冬の花ワラビ」の観察などして

呆けて帰ってきたのでありまする。
これは猫族の擬態の話ではなく
いわば人間の心意気の問題である。

## ぼくは　（一九八五・一一・二一）

ぼくは神を信じる自由があり
神を信じる楽がある

神を信じない自由があり
神を信じない苦がある

それならぼくは苦しみの
道を行こう

（注）著者は「バッハが信じた神を信じて死にたい」と、
亡くなる直前に受洗した。

## 朝　（一九八五・一一・二一）

ぬいぐるみのような子どもと
ぬいぐるみのような子犬が
朝の光の中で戯れている。

霧は晴れた。
ささやき交わしている小鳥は
あれはアオジではないかしら。
クコの繁みのクコの実が
お日様のしずくのようだ。

ぼくは町外れにいるのかな。
それとも地球のはしにいるのかな。
星玉の実が刺（とげ）まで赤い

（注）星玉はオナモミの岩手県の方言。

## 蚊柱　（一九八五・一二・四）

蚊柱が踊っている。夢遊病者の群のように
二階の窓辺に横臥するぼくの目には
右から左へ　下から上へ
踊り狂っているように見える。
不思議だ。
師走の蚊柱のユスリカたちは
どいつもとびっきり図体が大きい。
きゃつらは互に励まし合うている。
生意気な蚊柱だ。
おれさまも負けてはいられない
生きるのだ。

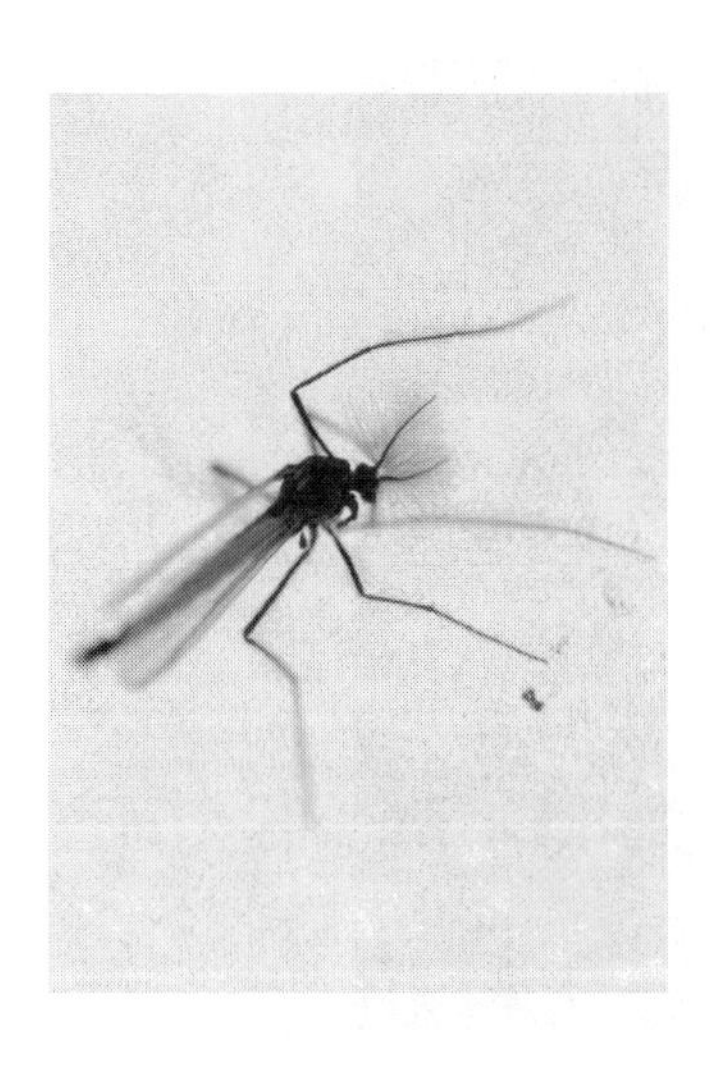

## 一匹　（一九八五・一二・四）

大自然の中の　一匹として生きる
生態系の中の　ひと群として生きる

オナガがぎゃあぎゃあ啼いて
始祖鳥のように尾を曳いて翔んで
あとは蜘蛛の国の静けさだ

テレビも飛行機もコンピューターも
人類の過失であったように想われる

## 再起しよう　（一九八五・一二・四）

チャルメラが流体幾何を描く生暖かい師走二十一時。
ぼくのハートは運行法則を取り逃がして
偏狭な谷間の貌（かお）となる。
ああ、子どもだったころ　もっと煮こごりや大根を
食べておくのだったなんて悔やんでも意味がない。
今日からも一度人生をやり直すことにして
とりあえず辞書の引き方からオッパジメル。
天然界というページ数無辺際なる
辞書の引き方からオッパジメル。

## 凡人の出番　（一九八五・一二・一〇）

天才は地上の調和を破る。
天才は人を動物から遠ざける。
天才は人が動物に過ぎないことを忘れさせる。
――今こそ凡人の出番ではないか！

## 無名の民　（一九八五・一二・一〇）

たった一人の英雄を肩で支える
百万人の無名の民がいる。

## 玄米　（一九八五・一二・一三）

玄米を水に浸すと師走の茶の間で芽をふくのだ
玄米よ、お前自身でさえ米屋のほの暗い蔵の中で
それと知らずに眠らされていたのではなかったろうか。
いのちあるものはしぶとい。
否、もう一度否。
しぶとく芽ぶいて見せるのがいのちある証。
籾殻をひっぺがされちまったで
辛くて芽など出せませなんだ。
玄米よ、お前はそんな弱音を吐かなかった。

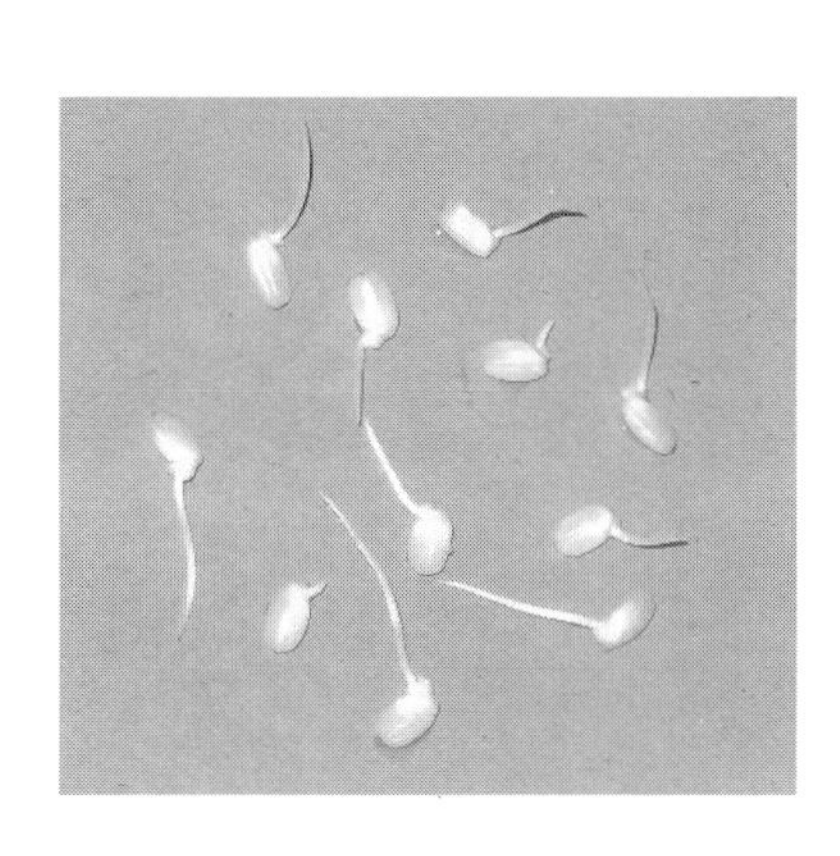

## 玄米Ⅱ　（一九八五・一二・一九）

縄文弥生の文化人は
何と美味なる
食事をしていたことであろう！

## 蚕　（一九八五・一二・一九）

加工するのが文化か。
ではありのままは野蛮か。
「蛮」に虫の字を含むのを見ると
虫好きのぼくは妙に嬉しくなる。
よし、誇り高き蛮人でいてやろう。
束の間のぼくの生
その名は野蛮。

## 落日　（一九八六・一・六）

日が沈む
のんのんと日が沈む
おいらの脚は莫迦（ばか）だ
まだ雑木林を歩いている

## 唄　（一九八六・一・六）

唄を探して
雑木林に来たら
唄は手の平から
湧き出した

## 思想　（一九八六・三・一〇）

選ばない思想
比べない思想
競わない思想
限りなく無心に近い心

## ひと、ひとり　（一九八六・四・一七）

ひと、ひとり
二本の足で歩いている
あたまひとつ
くちひとつ
へそひとつ
群がり居るのに
誰とも違う
ひとはひとりで生きられないのに
ひとつを意味する
ひとりを意味する
ひとと呼ばれる

## 我が町に平和を　（一九八七・四・二一）

夜十時二十分
頭の真上を米軍機が通る。
五臓六腑が激しく震える。
十時二十五分
また一機きた。
これは戦場の体験である。
人間であるならば
憎しみの結晶である爆撃機の轟音（ごうおん）に
慣れることなどできはしない。
戦争の町、神奈川県大和市。
愛する妻とぼくの二人は
爆撃機の音の絶えない限り
この町から逃げ出すのはよそう。
我が町に平和を！
地上に平和を！

ぼくらはどんな困難や偏見に
行く手を阻まれようが
この世から戦争の原因をなくすため
静かに　強く
執拗に　永く
魂の叫びを
あげ続けなければならぬ。

## 神話　（一九八七・四・二五）

眠りから風が生まれ
風から今が生まれ
今から未来が生まれ
未来から優しさが生まれ
優しさから地球が生まれ
地球から卵が生まれた？

郵便はがき

料金受取人払郵便

八王子局承認

407

差出有効期間
2026年6月30日
まで

1928790

056

〔受取人〕
東京都八王子市
追分町一〇－四－一〇一

揺籃社 行

●お買い求めの動機
1, 広告を見て（新聞・雑誌名　　　　　　　　　）　2, 書店で見て
3, 書評を見て（新聞・雑誌名　　　　　　　　　）　4, 人に薦められて
5, 当社チラシを見て　6, 当社ホームページを見て
7, その他（　　　　　　　　　　　　　　　　　　）

●お買い求めの書店名
【　　　　　　　　　　　　　　　　　　　　　　】

●当社の刊行図書で既読の本がありましたらお教えください。

読者カード

今後の出版企画の参考にいたしたく存じますので、
ご協力お願いします。

書名〔　　　　　　　　　　　　　　　　〕

お名前（ふりがな）　　　　　　　　　年齢（　　歳）
　　　　　　　　　　　　　　　　　性別（男・女）

ご住所　〒

TEL　（　　）

E-mail

ご職業

本書についてのご感想・お気づきの点があればお教えください。

## 書籍購入申込書

当社刊行図書のご注文があれば、下記の申込書をご利用下さい。郵送でご自宅まで1週間前後でお届けいたします。書籍代金のほかに、送料が別途かかりますので予めご了承ください。

| 書　名 | 定　価 | 部　数 |
|---|---|---|
| | 円 | 部 |
| | 円 | 部 |
| | 円 | 部 |

※収集した個人情報は当社からのお知らせ以外の目的で許可なく使用することはいたしません。

## 文明と文化　（一九八七・七・一〇）

後戻りできないのが文明である
進む必要のないのが文化である
心を小間切れにするのが文明であり
心を海にするのが文化である

**人類の定義**　（一九八七・八・一七）

仲良くすることの
もっとも苦手な
社会的生物

## 花の名　（一九八八・一・一 年賀状に書いた）

花の名よりももっと大切な
ものがあることに気がついてハッとした。
それであわてて花に会いに行ったら
もう花はなかった。
雑木林も丘もなかった。

もうホタルはとばない。
ハルゼミはうたわない。

人の心に風穴があいてた。
人の心も保存会を
必要とするようになったとさ。

賀正 1988 正月

山川散歩作画

花の名より
もっと大切な
ものがあることに
気がついて
ハッとした。

2人でいたって静かなのが
フタリシズカ

それであわてて
花に会いに行ったら
もう花はなかった。
雑木林も
丘もなかった。

ひとりでいれば
そりゃあ
ヒトリシズカ

1コの花

242 大和市西鶴間 6-18-18
斎藤慎一郎
好子

もうホタルはとばない。
ハルゼミはうたわない。
人の心に、風穴があいてた。
人の心も
保存会を必要とするようになったとさ。

## まぼろしの風景　（一九九九・二・二〇）

篠竹がざあざあ歌っている。
その下に小さなあおい三日月湖。
いつまで回る、ミズスマシ。
ぼくはめんぱの飯を食っている。

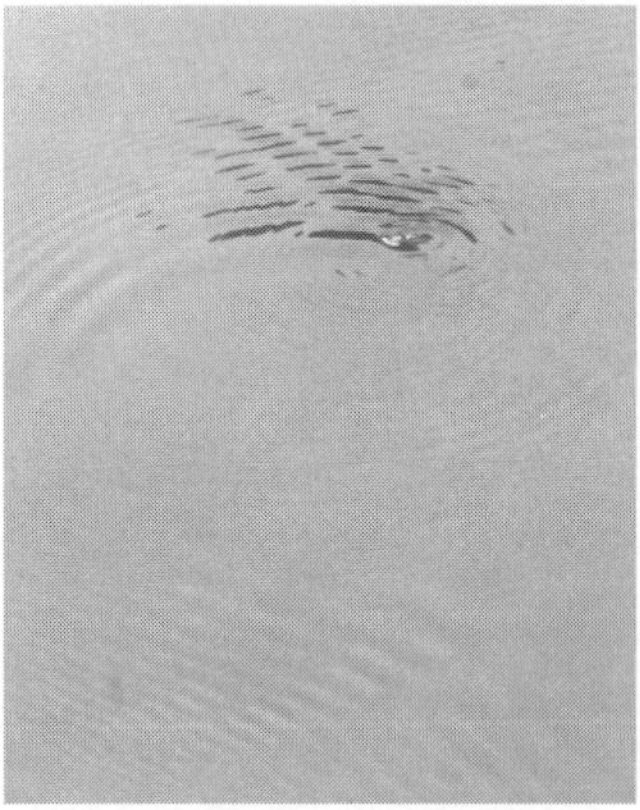

## 文芸家　（二〇〇〇・一〇・一七）

世界はあまりに
不幸のもとに満ちている
それで文芸家は
しあわせの種を蒔き
人の世の悲惨を
和らげようとする

## 北岳　（二〇〇一・一・二一　一九八〇年頃の写真を見て）

頂上をきわめる趣味はない。
本人一度は抵抗をこころみ
おいてけぼりはいやだから
渋々ついて登ったまでさ。
さればこの笑いは苦笑である。
妻は勝利の破顔大笑。
北岳三一九二メートル四〇センチ。
徒歩で登攀した最高地点
という意味では共有の記録である。
撮影者はぼくをここまで引きずり上げた
めがねの小学生男子で
あったかしら、なかったかしら。
北岳に来ただけと洒落てみた。

（妻注）写真を撮ってくれたのは今は亡き澤邉弘さん。頂上に行ったのは、本人の意志。私は別に勝利したと笑ったのでは無いわさ。

## ダーウィンの龍　（二〇〇一・一・二一）

龍の翼がダーウィニズムで退化すると
龍は照れ隠しにお日様へ腹見せて
もう自力では生きられませんと
甘え声を発するのである。
それでお日様は龍の尻尾を
矢じりのような産卵管に変えてやる。
とここまでは来たが
龍は一四万日にも及ぶ日々の屈折を
この店先にしがみついていたのである。
少年チャールズが知らなかった筈はない。
ダーウィニズムが龍の髯に触発されなかった
証明はなされていない。
科学者は空想の所産を軽視してはならぬ。
シュロウズベリのやんちゃ坊主は典雅な木骨家屋の
街並みのとあるはずれに

お日様に腹見せて照れ笑いする龍の
蛙の卵のような目玉を眺めながら
チャールズ・ダーウィンになったのである。

## 寓話　（二〇〇一・二・一八）

摂氏零度で
　野良猫にゃごにゃご跳び
摂氏四度で
　油揚げさらう鳶（とび）
摂氏六度で
　揺すり蚊恋に飛び
摂氏八度で
　銀蝿うかうか翔び
摂氏十度で
　蝿捕りおどけて跳び
摂氏十五度、されど人の子飛ばず
　深閑たる伽藍堂　電磁気、ガムマ線、憶測、陰口翔び
摂氏二十度、されど人の子飛ばず
マイナス五度でも
　虎猫ニャゴニャゴ跳び

空調二十五度、
されど人の子は飛ばざるなり

## 生け贄（いけにえ）　（二〇〇一・五・一二）

みんな亡霊の影におびえていた。
よそ者はおかしな奴に見えたし
髯（ほおひげ）でもあれば不審者に決まりだった。
仏頂面はすこぶる怪しく　愛想がよければなおのこと臭い。
ニッカボッカも　靴の汚れも
話題豊富も　極端な寡黙（かもく）も
自分の尺度に合わないすべてが
無類な凶悪の証だった。
それは平和な日々のうちに培われて行った。
平穏なるがゆえに
亡霊の夢を貯蓄できた。
みんな有事に備えていた。
世の中は生け贄を探していた。
広い世間には悪い奴らもいたから
どの町にも生け贄は必要だった。

## 新入会員歓迎会　（二〇〇一・五・一三　一九九三年ロンドンでの春のこと）

小雨しょぼつく春の宵、イギリス自然史協会新入会員歓迎の宴で
我が国にはハリネズミのハの字も見られず
黒歌鳥（ブラックバード）は梢に鳴かず
魔女に食わすべきヘレボス草も生えてはいぬと
下手な英語で大見栄切る心算は毛頭無かったに
破調にして舌足らぬ紳士文法の異邦人効果よろしく
ないないづくしの中見栄を張ってしまったのである
そらみつ大和の国では君臣こぞりて生の魚介を
食するはまことかと
若さに似ぬ碧眼のもの知り一人進みいで
我の手にせる雑木林のタテハチョウ図を流し見て
そは英名なれば瑠璃たすきじま提督閣下とも呼ばるべき逸材ですねと
ぴたり小生のどんぐりまなこに照準を合わせてきたのである
そやつなかなかトマス・モア流理屈魔で
グラス片手のスペイン留学生らも野次馬に加え

そもそも君方は黒鮪（くろまぐろ）を目の敵にして血のしたたるを
ソイ・ソースとワサビア・ヤポニカもて
食べまくるはいかがなものかと
やんわりじんわり攻めてきたのである
帝国政府の公使でもなければ代表部でもないから
それは知らぬがとは小生も言い訳に及ばず
我が祖国の鼻つまま るる自然哲学的理由リストの
見る見る雪だるまよろしく膨張するのを
これぞこれド偉くも勿体なきライヴ版本場英会話
きわめつき一回性無料教材にてあるなりと
金髪お下げ髪紅顔美少女の語尾の息吹も
おさおさ逃すまじく
謹聴し共鳴しかつは反論しさてまたまぜかえし
なぜか知らねど胸高鳴れるグリニッジ標準時の百五十幾分かを
花虫鳥のラテン名古代ケルト語彙、ギリシャ的論理と概念規定など
織り混ぜて語り
ハハハ同好の士に国境なんぞ有りはしないものですねとても愉しいですねと

お互い妙に感動してしまったのである
小雨のあがった卯月も末つ方
深更にいたってぼくらは遂に手を取り合い
蜂蘭咲く丘の辺の再会を約してほくほく家路についたのである

## ケルトの川　（二〇〇一・五・一三　北ウェールズ、スランベリスにてのこと）

アヴォン・ヒュヒーヒュヒ川。
シェークスピアのふるさとを
流れる川をエイヴォン河と呼ぶのは
「川の河」と言っているようなもの。
アヴォンは普通名詞なのだから。
そのことを教えてくれたのは
悪戯ざかりの少年であった。
ディオルヒ・ユン・ヴァアウール
どうもありがとう。

## 絶望?　（二〇〇一・五・一四）

どうやって理解してもらうか
ぼくが人畜無害の平凡人であることを。
虫にみとれて道ばたにしゃがみ
花のささやきに耳をそばだて
湿原の破壊に腹煮えくりかえり
はやらぬ店に笑顔で通い
博士や教授を偉いと思わず
へたを承知で手話など語り
米はなるたけ安いのを買い
売れない書物を書き、また訳し
晩のおかずに野菜を刻む
どうやって理解してもらうか
ぼくが野良猫くらいは有用の
生活を愛惜する　ごくありふれた
人畜無害の平凡人であることを。

## 吾が初夏　（二〇〇一・五・一七）

一重なる　紅薔薇の
咲き残る　梢には
蟻巻（ありまき）の　繁く居て
蜜の玉　陽に光る
風塵は　翼留め
天空に　昼寝する

ほととぎす　鳴きぼける
野良猫が　欠伸（あくび）する
ガガンボは　交尾する
まむしの子　庭に入る
蟹蜘蛛は　待ち伏せる
吾れひとり　忙しい

つまらない　雑用に

足腰の　きしむとき
野良猫に　みつめられ
道端に　そを撫でる

## ぼくはぼくだ　（二〇〇一・五・一九　朝　寝床の中で）

生まれたときから
ぼくはぼくだ。
生まれる前には
いなかった。
死んだら再び
いなくなる。
不思議だ。

一切を支えてくれた他者がいて
ぼくは初めてぼくになった。

悠々閑と時は流れ
心臓の音が時々止まり
それでもぼくは　なおぼくでいる。

ぼくの五感が　告げる世界は
花虫鳥と　光に満ちて
憂き世は空　ではないようだ。

## 五月のあした　（二〇〇一・五・二〇）

乱雑の中の自由と
規矩（きく）整然たる束縛と

閉所恐怖症者の行く末は
靴もぶかぶかなのを履き
家の屋根さえ重たくて
草を褥（しとね）に露を嘗める

五月のあした
首に這い登るジョウカイボンに
宇宙法則の無辺際を
見て驚喜する

## セミのぬけがら　（二〇〇二）

ぼくの名前は　ほんとうは　ぼく自身では　ないのであるが
ぼくの名前こそが　ほんとうは　ぼく自身なのだと　駄々をこねる
ぼく自身は　これで存外　多忙の身の上であるから
どうでもよいことのような気がして
ぼくの名前のいうなりになり
ぼく自身であることを　やめようと思う
ぼくの名前に　母屋を乗っ盗られた　ぼく自身の　ぬけがらは
せみのぬけがら　のようなものの習いとて
天麩羅に揚げてしゃぶると　美味だという
それでぼくは　ぼくの名前に　しゃぶられないうち
今夜は取り急ぎ　晩飯を食おう
ひと月に七キロも痩せるのは
やはりよくない

（注）二〇〇二年九月、著者が突然ベジタリアンになり、痩せてしまったころの作。

## 蒙古斑ありし日に　（二〇〇二・一一・九）

このぶよぶよしたところ
から食べ始めねば　痛みは容易に抜けんのです
（はは言い間違えた　コレハ渋抜キノ話ジャッタニ）
熟成　熟せ　塾生！しゃらくせえぞてめえ
と僕　十六歳晩秋　豊顕寺（ぶげんじ）の　くさむらで　凄みしことぞある
ふるさとの　フロラ　調べてて　ちんぴらに　ゆすられた　彼の真昼
見下ろさるるまま　野冊（やさつ）に　草はさむ　手ば休め　ぬっと立ち上がったら　相手は
怯えて上目をつかい　いくらさしあげたらおよろしいかと
下手にでた　そうさなあ　きみの
たましいをもらおうよ　あたしの
たましいのこってすか　いや冗談さ　ぼくの
弟子になられるのも面倒だし　あなたの
弟子になるのですか　ちがうよ要するに　このぶよぶよしたところ
から食べ始めねば
けっきょく食べられるとこないねこの柿

あ柿だったのですか
ちがうってば　だが熟し方の足りんことだけは事実だから
するとはじめて言葉を交わした年長の男は
なぜか慌てて逃げて行った

## 痩身讃歌　（二〇〇二・一一・一四）

今を去ること四十年もむかしから
どんなに痩せてもこれ以上は痩せられぬと
長いあいだ思いつづけてきたんだが
還暦プラス有一年この度の旅にて
アイルランドでヴェジタリアンを宣言したばっかりに
朝昼晩とクラッカー・スプリングオニオン（葱）・茄子の
揚げ物みたようなものを食らっては　泥炭地のぬかるみに日がな一日
両足取られ　さりとて溺れるわけにもゆかぬから
藻掻きに藻掻いてさえいれば　新月が半月に
なるまでには　たいていもっと痩せさらばえて
透明感の強い鬼神のごとき様相にはぼくとてなるわさ
それでも奇病の乱脈はパーフェクトにふっきれたのだし
泥炭の切り身を赤々燃やす高層湿原のただ中の
村の三姉妹の末っ子とはすっかり仲良しになっちまい
幽霊になぞ化けることもなく足許たしかに帰国を果たし

折り紙のバター蝶とか日本のダムゼルフライＳＰ（羽黒蜻蛉）の
写真とか送ってお返しに愛くるしい写真を送られたり
一脈のケルトの血がどこかぼくの体内を巡ってはいまいかと
思えてならないくらい彼の国にほれこんだりしているのだから
人間はもし仮に土壇場まで痩せに痩せたって
精神の輝きはかえってひらひらと増すくらいなもので
標準身長に対する標準体重などという
いかにも物質文明ふんぷんたる理論の阿呆らしさが
ほとほと知れようというものではないか
ただしこの話は飽食社会における痩身論に候へど
世界の飢餓問題を論じている訳ではない
蛇足ではあろうが念のため

## 雨の日の宇宙人　（二〇〇二・一一・二六）

雨の降る日は外へ出て
尻尾を立てた猫のよに
ニャゴニャゴ歩いていきやしょう
トラックなんぞをやり過ごし
国道を越えて踏切も
にゃっにゃと走って渡るのだ
坂を下れば洪水が
朝から渦を巻いている
畳や人が流れている
消防団は絶叫する
一億貴族らはそれをテレビで
心痛めながら鑑賞してる
ああ可哀そうだと胸ふたがれて
冷房のスウィッチ切るのも忘れ、
羽布団にくるまり寝てしまう

猫は平素の習慣により
人を助けたり決してしないが
雨の降る日に傘もささず
にゃごにゃご啼いては流浪する
髭は洪水の電気に感応し
な行変格活用のリズムに乗って
肉球まどかな足で顔洗い
少なくとも、少なくとも
畳や人が流れるのをじかに見ている
雨の日の宇宙人より
なんぼうましかしれやせぬ

## 空飛ぶクモとわたし　（二〇〇二・一一・二六）

小さなクモがありました
背中にお乗りと言いました
あしの長ーいクモでした
ゆらゆら歩いてくれました
そよ風さんが吹いてきて
ふうわり空を飛びました
糸がきらきら輝いて
パパは小人になりました
一回りして風さんが
クモを地上へ降ろしたら
わたしも地球へ降りました

# 近頃のうた　（二〇〇二・一一・二六）

硝子・盆　ガラスボボボン　グラスビビビ
火のうねり　氷の雄叫（おたけ）び
闊達な曲面に　星雲は反響し
ニュートリノは　ひらひらと　交錯する
どしたらよいか　どしたらよいのか
分からぬ人　やたら殖え　手引き書は　払底し
英雄は　神様を　凡人は　隷属を　やみくもに　志向する
身命を賭して　空を称える

鴉・烦　カラスボボボン　グラスヒビビ
（すべすべの　凪のまに　アンコウは　浮かれ出て海鳥を貪れり　よいやさ）
まとまらない　一致しない　さればこそ　旗振りか　滅亡の　新世紀よ
英雄は　もういらない　奴隷兵士は　多すぎる
無ではない　あるものを　模索する　俗人に
暁の　光芒と　広ごれる　虹を見ん

## 風のコトバ　（二〇〇二・一一・二七）

日の照る丘に頬寄せて
まろき唇ふるわせて
虻の羽音を夢と聴き
菫の花が口ずさむ
妖精たちのメヌエット

でも惜しいわね
ああ　もったいないよ
立ち止まって　深呼吸して
ひょいとしゃがんでみるだけで
平和な気持ちになれるのに

虻　菫　蝸牛（かたつむり）　雛芥子（ひなげし）　蜥蜴（とかげ）　蒲公英（たんぽぽ）
蟻ん子　守宮（やもり）　蜆蝶（しじみちょう）
小さいものなら何だっていい

戦争はめっぽうお金がかかるし
喧嘩はいささかくたびれる
いっそもう止めにして
野原にべったり座り込み
光るいのちのつぶつぶ何ぞを
のんびり眺めて暮らさないか

## 花はどこにも　（二〇〇二・一一・二七）

花はどこの国にも咲くよ
平和な国にも、
戦火の国にも咲くよ
お金持ちの国にも、
質素な国にも咲くよ
寒い国では短い夏に
砂漠の国では短い雨期に
われも　われもと　いっせいに咲くよ

平和な国でも　花見ない人　いるよ
戦火の国でも　花を知る人　いるよ
苦しいときにも
ちょっと一息
野の花を見て
にっこり笑おうよ

## 兵士よ、人間に還れ　（制作年不明）

女子どもがワゴン車で検問所に近づく
外国の軍隊が止まれと叫ぶ　何の権利をもってだろう
服従のいわれなきワゴン車は進む
外国の軍隊は発砲する　いかなる自由においてなのか
エンジンを撃っても車は進む　そこで狙いすまして人を撃つ
「だから止まれと言ったではないか」「止まらねば撃つぞと言ったではないか」
非の打ち所なき殺人者は頬をふくらませ　晩にはポークとチョコ菓子をむさぼる
ちょっと待ってくれ　ここはイラクなのだ
イスラムの聖なる文化に敬意を表し　この地では豚を食うべきですらないのだ
塹壕（ざんごう）の中ででであれ寝る暇があるなら　戦争以前の問題に立ち返らねばならぬ
大統領は先制攻撃を命令した　究極の責任は無教養のドンにある　確かにそうだ
だが兵士よ　きみの人間としての尊厳はどこへ行ってしまったのだ
ローマではローマ人のようにしろ　イスラムの地では豚を食らうな
それすらもわきまえぬ兵士よ　きみの緑なす故郷の日々を思い見よ
きみは軍隊を志願した　よろしい　だがどんな救世主の律法をもって人を殺すのだ

ぼくは知らない　ワゴン車の婦人はなぜそこへ近づいたか
自らの意志でか　命ぜられてか　死者は語らない
だが親愛なるアメリカの青年よ　きみはいかなる大義において　女子どもを銃撃したのか
見えない敵の恐怖に怯えていただけか　ぶっ放す快感をその時味わいはしなかったか
戦場の狂気に目くらまされて　きみは地獄の死刑執行人になった
獰悪（どうあく）な殺人鬼でさえ　長い裁判の論議と手続きなしに
処刑されぬのをきみは知らないか　そうして今やきみこそが殺人鬼ではないか
けれどもきみは母国へ帰れば軍法会議にかけられるでもなく
いくさが趣味の元首に英雄と称えられ　家族にはこう言い訳するだろう
「敵兵はどこに隠れているか知れないし」「相手の策略ということもあるんだよ」
身を守るには仕方がない　先に撃たなければ自分がやられる
おお　それこそが万古不易（ばんこふえき）な戦争の口実　帝国の隠れ蓑ではなかったろうか
ブッシュは週末の別荘で　お三時のコーヒーをすすりつつ　何とのたまうだろう
「忠義なる我が配下　敵軍施設を正確に爆破　快進撃しつつあり　神よ恩寵を」
はたまたラムズフェルドは晩酌に酔いしれながら　何とうそぶくだろう
「冥福を祈る　貧乏くじの犠牲者よ　だがおいらは民間人をやれと指令しちゃいねぇぜ」
さて　フランクスはいちおう携行食などをぱくつきながら　何と歌うだろう

「みな誤差のうち　許容範囲　解放のための聖戦ゆえに　星条旗よ永遠なれ」
血糊の祖国で倒れし婦人と子どもの屍（しかばね）尻目に
作戦を事務的に遂行する戦争屋の神経
その健やかなる神経繊維に　悲劇と同じほどの戦慄をぼくは覚えずにいられない
悪魔の手先演じる超大国の兵士よ　たとえ戦乱の中であれ　きみの人生をとりもどせ
合衆国最悪の大統領に青春を売るな　戦争をサボタージュせよ　人間に還れ

## ぼく　（二〇〇七・九・二一　妻の誕生日のために書いた。元々は無題）

寸の虫
全身智恵のかたまりだ
生きざまかろく
死よりも強し

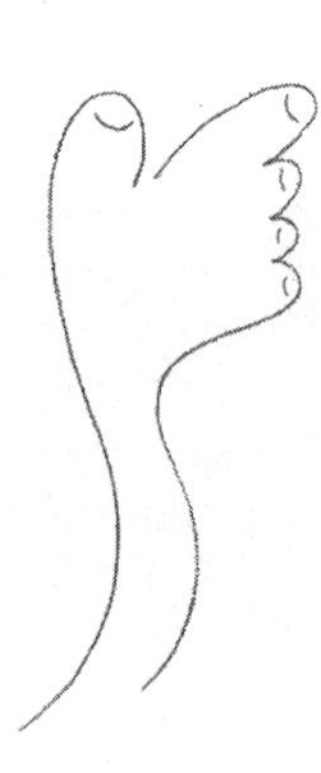

## あとがき

この詩集を発刊することにした出発点は、二〇〇七年九月、著者に進行した胃癌が判明した頃、身辺整理の一環として詩集をまとめていたことにある。それは「けったいな詩集（太陽暦二〇〇七年九月一一日編）」というものである。書き散らしたものを集めてクリップで綴じただけの、紙の束だ。その内容は虫の詩が大半である。本人は「本にして」とまでは言っていなかったが、できれば多くの人に読んでほしいという願いはあったのだろう。

彼は既に一冊、書き殴りした詩を「詩集あおぞら抄」として二〇〇一年一二月三一日付けで手作り製本していた。内容的には本誌集の〈生きること・考えること〉の作品が中心である。この二冊の他にも、家のあちこちに詩らしきものが遺っていた。

これらを明確に本とすることに決めたのは、今は亡き作曲家の中島はるさんが、紀尾井ホールでのコンサート「中島はるの世界～虫の詩人斎藤慎一郎と　最晩年の中原中也をめぐって～」を開催されたからである。東日本大震災の直前、二〇一一年二月二七日（日）のことだった。会場のステージに夫の代わりに立った時、夫がまとめた二冊の詩集を見せて、私は言った。「この度、斎藤慎一郎は中原中也と並べて虫の詩人と呼んでいただきました。こうなったからには、夫の詩集を出そうと思います。発刊された折には、どうか皆様、お読みください」と。

中島はるさんと夫は、お互いに日本蜘蛛学会の会員として出会った。はるさんも虫、とりわけクモに大変愛着がある方だった。ある日、夫がはるさんに自作の虫の詩を見せたところ、「虫の組曲を作りたいので、虫の詩を沢山書いてほしい」と頼まれた。送ったうちの幾作かが、「歌う昆虫記」という、すばらしい組曲にまとめられた（サーベル社）。はるさんはこの続編の作曲を考えていたという。はるさんも二〇一三年二月に亡くなられたためそれは実現しなかったのが、返す返すも残念である。

夫は虫の中でも特にクモをこよなく愛したが、その一種であるネコハエトリは相撲のような戦いをすることで、横浜のいにしえの少年には知られている。夫が子どものころの横浜では、男の子なら誰しもネコハエトリを捕まえて、箱に入れて飼い、闘わせて遊んだ。このクモ合戦の由来を確かめることから、夫は著述家の道を歩み始めたのである。

著者の労作に『虫と遊ぶ』という全国の虫の方言を集めた本がある（大修館書店）。この詩集のうちの何遍かにも、各地の虫の方言がちりばめられている。虫の方言は、日本人がいかに虫と密接に暮らしていたかを示している。読者諸氏に虫の面白さ、楽しさを少しでも伝えることができれば、幸いである。

この詩集には虫の詩だけでなく、植物の詩や、心象スケッチのような作品もある。斎藤慎一郎がどの様な感覚と人間性を備えた人物であったかを知っていただけたら、本人も本望であろう。

なお、漢字の読み仮名は私が読みにくいと思うものにつけた。読みにくいために敬遠されることを避けたかったからである。

詩集を出すと宣言してから四年以上の時間がかかってしまった。実際に本にする作業は手間がかかるものである。詩集の編集に当たっては、吉谷昭憲氏、清水工房の増沢航氏、小川真理子氏、桑原紀子氏に大変お世話になった。詩に合ったイラストや写真は吉谷昭憲氏に全面的に協力していただいた。また、締め切りのない詩集作りに、石川県かほく市の桜井晴美さんから背中を押していただいた。これらの方々のお力添えなしにはこの詩集は完成しなかっただろうと思う。心から感謝いたします。

二〇一五年一〇月

斎藤好子

## 斎藤慎一郎略歴

一九四〇（昭和一五）年四月二二日　斎藤清雄、登志子の長男として、横浜市神奈川区三ツ沢東町に生まれる。太平洋戦争開戦の直前であった。五人兄弟の二番目。

一九五六（昭和三一）年四月　一五歳　神奈川県立翠嵐高校入学。不登校になり、中退。その後、三つの高校に籍を置くも、卒業には至らず。いくつもの仕事を経験する。二〇歳頃から心臓に不安を覚え、生涯続く課題となる。

一九六五（昭和四〇）年　大学検定合格。

一九六六（昭和四一）年四月　二五歳　東京教育大学教育学部芸術学科・芸術学専攻入学。

一九六六（昭和四一）年九月　二六歳　東京都港区職員に採用される。

一九六七（昭和四二）年四月　慎一郎と同じ児童文化研究会に入部した伊藤好子に出会う。

一九六九（昭和四四）年三月　二八歳　好子と結婚し東京都板橋区、後に練馬区に住む。

一九七一（昭和四六）年四月　三〇歳　好子の就職と共に横浜に戻る。

一九七一（昭和四六）年八月　三一歳　大和市に転居。

一九七七（昭和五二）年一月　三六歳　自宅で隔週に子ども文庫（ぞう文庫）を始める。

一九七九（昭和五四）年一〇月　三九歳　植物を観察するゲーテ植物学会を始める。断続しながら二〇〇七年まで続く。

一九八一（昭和五六）年一一月　四一歳　東京都港区職員を退職。著述業を始める。

一九八六（昭和五一）年八月　四六歳　栗木黒川の自然を守る会を発足。会長になる。会は一九九七年に解散。

一九九二（平成四）年一〇月　五二歳　好子が先に滞在していたロンドンへ。二年間滞在。

一九九五（平成七）年二月　五四歳　好子の赴任先の福井県福井市へ。三年間在住。転出間際から、中池見湿地に関わる。

一九九八（平成一〇）年四月　五七歳　好子の赴任先の三重県津市へ。四年間在住。

二〇〇二（平成一四）年四月　六一歳　好子の赴任先の石川県高松町（現かほく市）へ。三年間在住。チェログループ・スリークォーターズ、ゲーテ博物学会石川支部を発足させる。

二〇〇五（平成一七）年四月　六四歳　好子の赴任先が横浜となり、大和市へ戻る。

二〇〇七（平成一九）年一二月　六七歳　胃癌にて在宅で最期を迎える。

## 斎藤慎一郎作品

小さい植物園　現代旅行研究所　一九八二年

クモ合戦の文化論　伝承遊びから自然科学へ　大日本図書　一九八四年
クモの合戦　虫の民俗誌　未来社　一九八五年
日本民俗文化資料集成一一　動植物のフォークロアⅠ（解説）三一書房　一九九二年
日本民俗文化資料集成一二　動植物のフォークロアⅡ（部分）三一書房　一九九三年
虫と遊ぶ　虫の方言誌　大修館書店　一九九六年
ワイルドライフ・ブックス　クモの不思議な生活　晶文社　一九九七年
ワイルドライフ・ブックス　イギリスの都会のキツネ　晶文社　一九九八年
ワイルドライフ・ブックス　ウサギの不思議な生活　晶文社　一九九八年
ワイルドライフ・ブックス　アリと人間　晶文社　二〇〇〇年
ワイルドライフ・ブックス　フクロウの不思議な生活　晶文社　二〇〇一年
ものと人間の文化史１０７　蜘蛛（くも）　法政大学出版会　二〇〇二年
ア・カペラ混声合唱のための　歌う昆虫記　サーベル社　二〇〇五年
奇跡の泥炭湿原　中池見湿地（自費出版）清水工房　二〇〇九年
星雲ミカの小さな冒険　「鳥へっぽこ新聞」誕生篇　晶文社　二〇一一年
星雲ミカの小さな冒険　久里マリアさんへの手紙篇　晶文社　二〇一一年
その他、研究論文、調査報告等多数。

## 吉谷昭憲氏　略歴および作品

一九五〇（昭和二五）年　七月二日　山口県宇部市に生まれる。
一九六三（昭和三八）年　三月　父の転勤のため、家族と共に東京都板橋区に転居。
一九七三（昭和四八）年　三月　東京農業大学卒業。
一九七六（昭和五一）年　七月　家族と共に多摩ニュータウンに転居。
一九八一（昭和五六）年　四月　フリーの昆虫イラストレーターとして独立。
昆虫図鑑や百科事典の挿絵を担当。また、
昆虫雑誌などに昆虫の生態写真を発表する。
一九八七（昭和六二）年　六月　昆虫絵本「おとしぶみ」刊行。好評を得る。
以後、昆虫絵本を得意とした作家となる。
一九八八（昭和六三）年　十月　高間美子と結婚。多摩市聖ヶ丘に住む。
一九八九（平成　一）年　九月　昆虫絵本「とっくりばち」を発表。
一九九一（平成　三）年　六月　昆虫絵本「ふんちゅう」を発表。
一九九一（平成　三）年　十二月　横浜市緑区に転居。
一九九二（平成　四）年　七月　昆虫絵本「あめんぼ」を発表。
一九九三（平成　五）年　七月　昆虫絵本「とんぼ」を発表。

二〇〇二（平成一四）年　四月　新潟県の委託を受け、二年契約で妙高地区五市町村の自然を調査、二年目は妙高各地で写真展を開催。

二〇〇七（平成一九）年　六月　昆虫絵本「かめむし」を発表。

二〇〇八（平成二十）年　九月　昆虫絵本「こおいむしのこそだて」を発表。

二〇〇九（平成二一）年　四月　新宿ペンタックスフォーラムにて「デジタルフィルタの魔法」写真展を開催。

二〇一一（平成二三）年　九月　昆虫絵本「しゃくとりむし」を発表。

二〇一二（平成二四）年　五月　新宿ペンタックスフォーラムにて「デジタルフィルタの魔法Ⅱ」写真展をグループで開催。

二〇一三（平成二五）年　三月　昆虫絵本「アオムシの歩く道」のイラストを担当。

二〇一四（平成二六）年　六月　昆虫絵本「はぐろとんぼ」を発表。

二〇一四（平成二六）年　十一月　父の介護の関係で、家族と離れ東京都多摩市に単身転居。

# 資料

Chizuko Naito Soprano Recital

# 内藤千津子 ソプラノリサイタル

## 虫に魅せられた斎藤慎一郎氏を偲んで

《PROGRAM》

◆中田喜直：「六つの子供の歌」【全6曲】

◆山田耕筰：この道／待ちぼうけ／中国地方の子守歌

◆橋本国彦：笛吹き女（深尾須磨子 作詩）

（独唱版初演）
◆中島はる：「歌う昆虫記」【全12曲】（さいとう しんいちろう 作詩）

（完全版初演）
：小倉百人一首の女流歌人たち
「愛は歌となり花となり」【全5曲】（峯 陽 作詞）

《PROFILE》

**内藤千津子●ソプラノ**

大阪音楽大学卒業、同大学専攻科修了。フランス音楽コンクール第3位。新・波の会日本歌曲コンクール第1位、荻野綾子賞受賞。京都市交響楽団、関西フィルなどと共演。日・仏・伊の作品を中心とする歌曲の他、邦楽器を伴う作品も手掛ける。オペラでは「利口な女狐の物語」、「奥様女中」の他、原嘉壽子作曲「脳死をこえて」、磯部 俶作曲室内オペラ「夕立」（京都初演及び藤沢・東京公演）など邦人作曲家による創作オペラに主演する。リサイタル4回開催。荻野綾子没後50年記念演奏会をはじめ数多くのコンサートに出演。ビクターよりCD［松の花］、「21世紀へのメッセージ」をリリース。故横井輝男、故内村睦子、越智 翠、故アンドレア・バランドーニ、上村京子、水越承子の各氏に師事。《彩の会》主宰。（社）日本歌曲振興会関西支部副支部長。関西二期会、（社）日本歌曲振興会、（社）日本演奏連盟各会員。穴師コーラス、ゆりの木コーラス、ゆーゆー男声合唱団、高師浜混声合唱団の各指揮者。

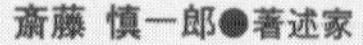

**斎藤 慎一郎●著述家**

1940 年横浜生まれ。東京教育大学卒業（芸術学）。地球環境保護の問題に取り組む。日本蜘蛛学会会員。著書（共著を含む）に「クモの合戦 虫の民俗誌」、「虫と遊ぶ 虫の方言誌」、「歌う昆虫記」など多数。2007 年 12 月逝去。

**中村展子●ピアノ**

ウィーン国立大学リート伴奏科卒業。大阪音楽大学講師。

**福永吉宏●フルート**

京都バッハゾリステン主宰。大阪芸術大学客員教授。

**2008. 12/7（日）2:30pm開演（2:00pm開場）**

**イシハラホール**（地下鉄四つ橋線「肥後橋」駅下車5－B出口上ル）

**入場料 ¥4,000（自由席）** ＊未就学のお子様はご遠慮下さい。

前売＝大阪アーティスト協会 050-5510-9645、ローソンチケット 0570-084-005（Lコード：57221）
イシハラホール 06-6444-5875

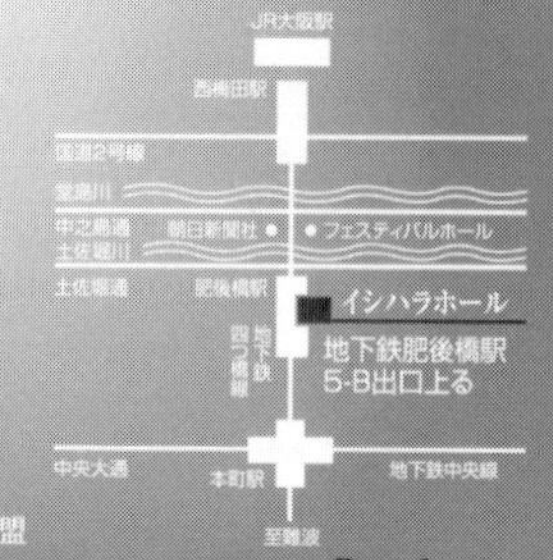


主催■彩の会
後援■大阪音楽大学同窓会《幸楽会》、関西二期会、（社）日本歌曲振興会、（社）日本演奏連盟
マネジメント■ 大阪アーティスト協会 www.oaa1985.com TEL06-6135-0503/FAX06-6135-0504

Bravo! KANSAI
OAA

＊本公演は日本ユニセフ協会に賛同し、当日会場では募金活動なども行います。

# 中島はるの世界

～虫の詩人 斎藤慎一郎と
最晩年の中原中也をめぐって～

・独唱「歌う昆虫記」（さいとうしんいちろう 作詞）
・ソプラノと尺八のための「ささがにの」
・ピアノのためのポエジー「クモの糸のはしご」「タランテラ」「黒髪幻想曲」
・男声合唱「中原中也 最晩年の三つの詩」（新作初演）
『少女と雨』『初夏の夏に』『夏の夜の博覧会はかなしからずや』
・朗読「イキガイヤ」・「ゆきんこ」（斎藤慎一郎 作）

**2011年2月27日（日）**

**14:00 開演（開場30分前）**

**紀尾井ホール**

**全席指定　S席 4,000円・A席 3,500円・小～高校生 2,000円**

**チケット申し込み　問い合わせ　音楽空間　武宮　090－6308－4343**
**FAX　045－933－7648**

**主催　音楽空間　武宮　（http://takemiyaspace.com）**

**後援　全音楽譜出版社・東京インターアーツ・日本蜘蛛学会・東京蜘蛛談話会**

かほく市地域活動補助金助成事業　　くもくも仙人プロジェクト

# ルドヴィード・カンタ
# チェロコンサート

## ～ぼくらはみんな生きている～

かほくを愛した　くもくも仙人こと故斎藤慎一郎氏

生涯かけて追い続けた願いは　叶えられたのだろうか

2015

**11/8（日）** 14：00　開演（13：30 開場）

たかまつ　まちかど交流館　1F　交流ホール

**第1部　くもくも仙人が遺したもの**

チェロ演奏　スリークォーターズ　　詩朗読　鈴木　晶子

「大海川組曲」「虫のいる散歩道」ほか

**第2部　仙人に捧げるコンサート**

ルドヴィード・カンタ　（アンサンブル金沢　主席チェロ奏者）

指定席　1,200 円　　自由席　1,000 円（当日 1,200 円）

チケット販売　麻生新聞店・メガネのはしづめ・たかまつまちかど交流館

主催　ゲーテ博物楽会　北陸同人　　お問合せ　桜井　090-7089-2642

# 合唱のための［昆虫記］

## 1. コメツキムシ

さいとう しんいちろう・詩
中島 はる・曲

# 5. ゴキブリ

さいとうしんいちろう・詩
中島はる・曲

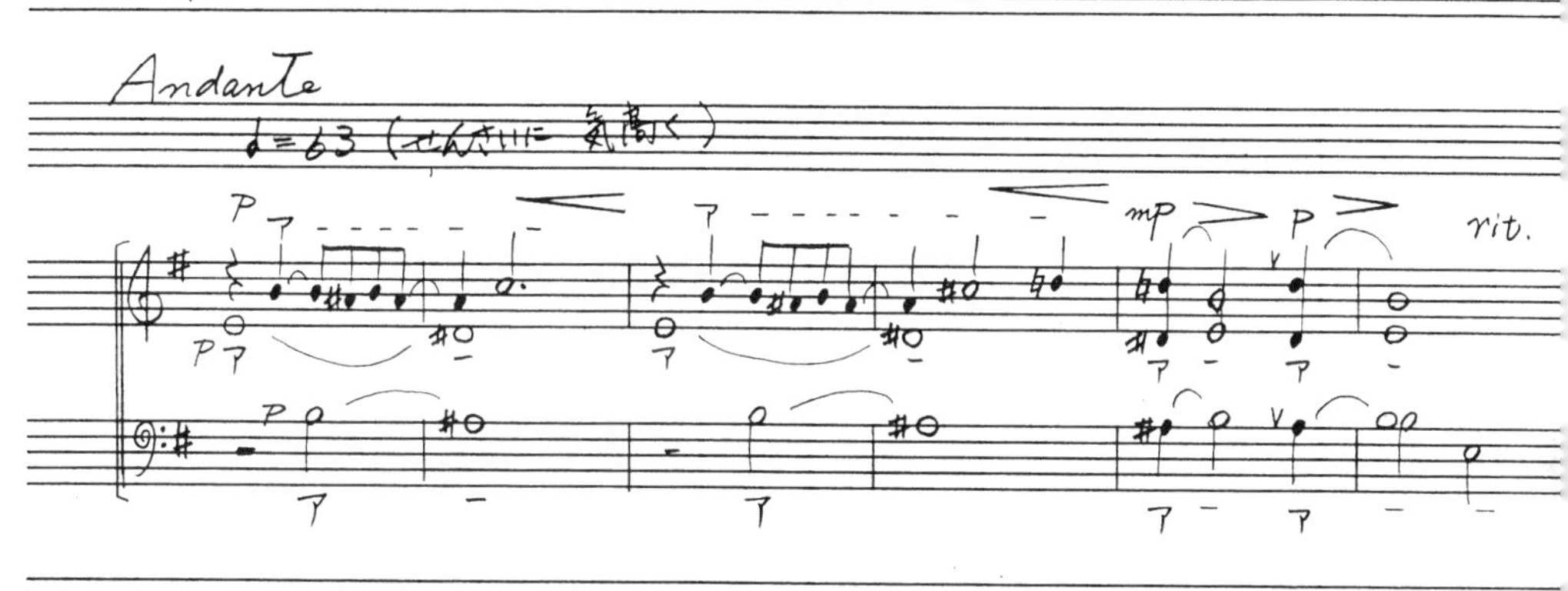


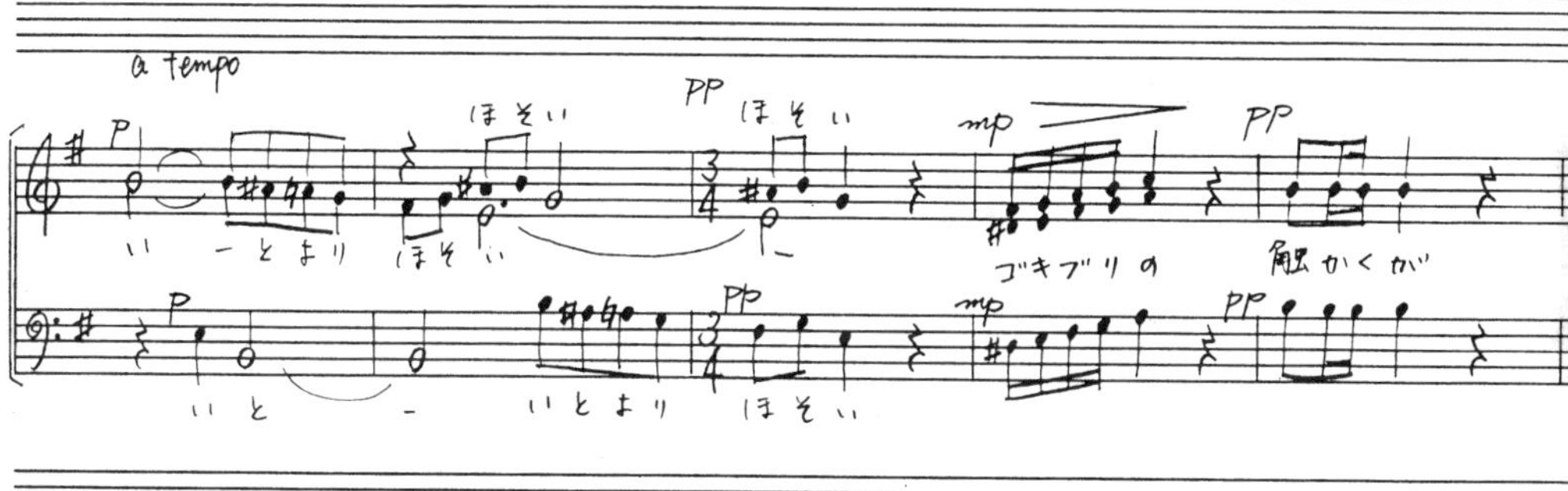


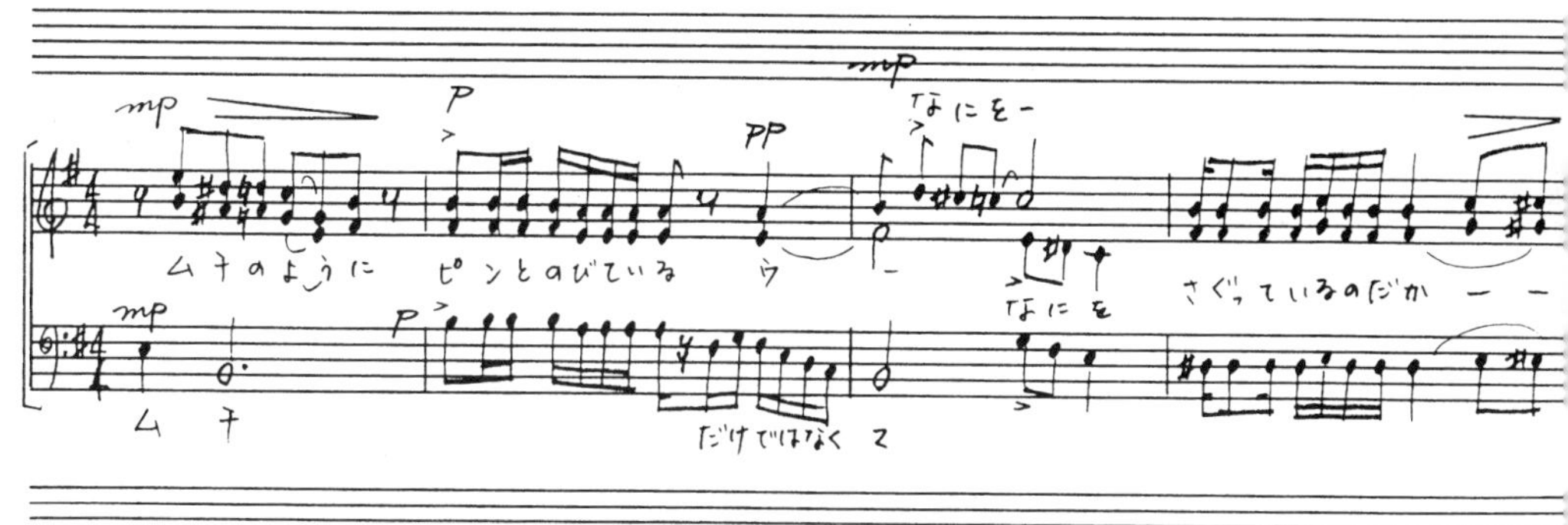

斎藤慎一郎

1940年　横浜に生まれる
1981年　脱サラし著述家になる
2007年　胃癌のため没


詩集　**虫のいる散歩道**

---

2015年10月15日　印刷
2015年11月８日　発行

著　者　斎　藤　慎一郎

編　者　斎　藤　好　子
〒242-0005　神奈川県大和市西鶴間6-18-18
電話 046-272-7422
E-mail：ya57328@xa3.so-net.ne.jp

発　行　揺　　籃　　社
〒192-0056　東京都八王子市追分町10-4-101
㈱清水工房内　電話 042-620-2615
http://www.simizukobo.com/
印刷・製本／㈱清水工房

---

ISBN978-4-89708-358-2 C0095　乱丁本はお取り替えします。